おいしい旅

しあわせ編

大崎 梢／近藤史恵／篠田真由美／
柴田よしき／新津きよみ／松村比呂美／三上 延
アミの会＝編

角川文庫
23852

目次

もしも神様に会えたなら

大崎梢

大崎梢（おおさき・こずえ）
東京都生まれ。書店勤務を経て、二〇〇六年『配達あかずきん』でデビュー。主な著書に『片耳うさぎ』『夏のくじら』『スノーフレーク』『プリティが多すぎる』『めぐりんと私。』『バスクル新宿』『27000冊ガーデン』など。また編著書に『大崎梢リクエスト！　本屋さんのアンソロジー』がある。

午前九時七分に新横浜《しんよこはま》駅を出たのぞみ63号は定刻通りに快走し、名古屋《なごや》駅に近づいていた。

窓際の席に座った元喜《もとき》は、持参したメロンパンを食べ終えると水筒をしまうついでに、リュックの中からメモ用紙を取り出した。タイムスケジュールを確認する。十時二十五分着の名古屋駅で降りて、在来線への乗換口に向かう。そこには祖母がいるはずなので、新幹線改札を抜けて合流。十三番線から十時三十七分に出るJR快速みえ5号に乗車して、目的地である伊勢《いせ》市駅へ。

十月半ばの週末、薄雲が広がるまあまあのお天気で、参拝日和と言えるだろう。ネットで調べた大きな鳥居を思い浮かべていると、元喜の手にしているキッズケータイが震えた。届いたばかりのメッセージを読み、「えっ」と目をむく。

送信者は祖母で、「ごめんなさい。突然のことがあって、約束の時間までに名古屋駅に行けない」とある。呆然《ぼうぜん》としている間にも次のメッセージが届き、「友だちが怪我をして今病院で付き添っているの。モトくん、名古屋駅で降りて、危なくないところで待っていて」と。

時計を見ると名古屋駅まであと十分足らず。そもそも今回の旅行のきっかけは祖母だった。三重県四日市《よっかいち》市の出身である祖母は、久しぶりに小学校時代のクラス会に出席することになり、その日は四日市のホテルに泊まるけれど、翌日の土曜日に予定はない。名古屋駅まで迎えに行くので、一緒にお伊勢参りをしましょうと誘われた。いきなりの話に元喜が戸惑うと、「モトくんの大好きなエビをご馳走《ちそう》するわ」「ただのエビじゃないの。伊、勢、エ、ビ」と人差し指を振る。そばで聞いていた母親も、もう五年生なんだから大丈夫よと加勢した。

名古屋ならば新横浜から新幹線で乗り換えなしだ。自宅のある町田《まちだ》からだってひとりで行ける。元喜はそう思ったが、今日は新横浜駅の新幹線改札口まで母親が来てくれた。そのあと町田に戻って今の時間は仕事中だ。スマホから離れているので相談できない。

元喜は自分なりに考えて、祖母に返信した。

「せっかくだからお参りしてくる。快速みえに乗れば伊勢市駅まで一本だし、神宮は駅から歩いて五分だとネットに書いてあった。心配しないで」

車内には名古屋駅への到着を知らせるアナウンスが流れ、窓の向こうは大きなビルで埋めつくされている。大急ぎでリュックを背負った。

乗り換え時間は十分ちょっとだ。長くはないが短くもない。ホームに降りたあとは表示板に従って通路を歩く。十三番線にたどり着けば、快速みえ5号はすでにホームに横たわっていた。自由席の空いてる席に腰かけて、祖母から届いていた細々としたメッセージに「大丈夫」とまとめて返す。

そのあと、リュックからスケッチブックを取り出せば、ひとり旅の続行も悪くない。同じ車両の乗客をスケッチしたり、グミを食べたり、窓からの眺めを写真に撮ったり、学校の友だちにメッセージを送ったりしているうちに、約一時間半で電車は伊勢市駅に到着した。

楽勝だ。心の中で唱え、電車を降りてから「トイレ」マークに引かれて用を足す。改札口と書かれた案内表示を頼りに階段を上がり、長い通路を進んで今度は階段を下りる。改札口から外に出た。

伊勢参りは駅近の外宮《げくう》のあと、少し離れた内宮《ないくう》に詣《もう》でるのが王道だそうだ。印刷してきた紙の地図を手に、元喜は「さあ外宮」と張り切ったものの、意外にも駅前は閑散としていた。広場もなければ観光客の姿もない。細い路地を隔てた向かいに小さな食堂があるだけ。通り過ぎる人もいない。ここを抜けた先に「ようこそ伊勢へ」的な場所があるのだろうか。でも、どこを歩けばそこに出られる？

途方に暮れていると、すぐ近くに自転車が止まった。同じ年くらいの男の子がサドルに跨《また》がっている。目が合ったので何か聞こうと思ったが、すんなり言葉が出てこない。もじもじしていると、向こうから「どうかしたの？」と声をかけてくれた。

「伊勢神宮《じんぐう》ってどう行けばいいのかな。初めて来たからわからなくて」

「ひとりで来たの？」

「ほんとうはおばあちゃんと一緒のはずだったんだけど、でも急用ができたからひとりになっちゃって」

「そうか」

男の子は「待ってて」と言いながら、乗っていた自転車をすぐわきにあった駐輪場に止めた。

「伊勢神宮は駅の反対側だよ。向こう側の改札口を出ればすぐだったのに」

「え？　そうなの？」

「こっちに出ちゃうと、ぐるっとまわらなくてはいけないんだ」

男の子は案内するかのように歩き出すので元喜はそれを追いかけた。

「どこから来たの？」

「東京の外れ。町田ってところ」

「おれ、今年の三月まで横浜に住んでた。リュックに下がってるの、ベイスターズのマスコットキャラだよね？」

元喜は右手を背中にまわした。

「従兄弟《いとこ》にもらったんだ。ハマスタまで観戦に行ったときに買ったみたいで。可愛いねと言ったらリュックにつけてくれた」

「それが見えたから声をかけたんだよ。このあたりじゃ珍しいから」

男の子は元喜より背が少し高く、横幅は細い。身長145センチで体重が50キロという元喜がぽっちゃり体型なのであって、男の子は標準の部類だろう。顔立ちはスリムで顎《あご》がとんがっている。その点も、いろいろ丸みを帯びている元喜とはちがう。

駅の反対側にまわるためにはかなり遠回りをしなくてはならず、踏切まで歩く間に名前のやりとりもした。

「おれ、小学五年生で、上坂《うえさか》元喜っていうんだ」

「上坂くんか。同じ学年だ」

「モトって呼ばれているよ」

「じゃあモトくんね。おれは泉実《いずみ》。下の名前だけど」

「イズミくんか。なんかそんな感じ」

「どういう感じだよ」

外見の相違点は多いが会話は弾み、本来の改札口にたどり着く頃には、参拝に付き合ってもいいかと泉実から言われた。

横浜にいた頃にはスポーツクラブや塾などに通っていたが、引っ越して以来、週末を持て余しているそうだ。ひとりで大丈夫と思っていた元喜にしても、改札口をまちがえるというミスを犯したばかり。同行者がいるのは心強くて笑顔で了解する。

「あ、そうだ。神宮に入る前に何か食べたい。お昼ご飯がまだなんだ」

すでに十二時半をまわっている。

「おれもまだだ。食べたいものってある？」

「ここに来たからには伊勢うどんかな。名物なんだよね？」

泉実の顔つきが変わった。手にしていた生卵を落としてしまったような、うわっという反応。そのわりにはものわかりよく「だね」とうなずき、広い参道を南に向かって歩き出す。間もなく「伊勢うどん」と幟《のぼり》を立てた店が現れた。

「モトくん、あそこで食べればいいよ」

「イズミくんは？」

「おれのことは気にしなくて大丈夫。店から出たらそこのベンチに来てね」

泉実は参道に沿って置かれたベンチを指さす。一緒に行こうと言ったそばから別動かと思うも、さあさあと背中を押されてひとり店の中に入った。

とても古びた小さな店だ。気後れして引き返そうかと思ったが、エプロン姿のおばあさんに「いらっしゃい」と声をかけられ出られなくなった。他にもお客さんがいたので、その人たちを見ながらはじっこのテーブルに着き、伊勢うどんを注文する。値段は五百円ほどなので、大丈夫と自分に言い聞かせる。ちゃんと払える。お金はある。財布も確認した。

やがて出てきたうどんに、なぜか緊張しながら箸《はし》を入れた。麺《めん》を隠すようなたっぷりの汁はなく、真っ白なうどんの上に濃い茶色のタレのようなものがかかっている。トッピングはネギとかまぼこ。

タレにからめて太麺をすすると、思ったよりも甘かった。麺は柔らかい。「もちもち」というような歯ごたえもなく、「ふわふわ」よりも存在感はあって、「ぶわぶわ」だろうか。タレはけっこうシンプルな味わいで、すき焼きのあとに食べるうどんのような奥深さは得られない。

三口くらいで箸が止まった。かまぼこの助けを借りながら再び口を動かす。窓の外を見ると、先ほどのベンチに泉実が座っていた。元喜は得意でもないネギの助けも借りて完食し、会計を済ませて表に出た。泉実は元喜に気付くなり、「どうだった？」と白い歯をのぞかせた。

「イズミくんは何を食べたの？」

「この裏にコンビニがあるんだ。そこで買ってきたおにぎり」

「もしもまたお伊勢参りをするときがあって、友だちが伊勢うどんを食べたいと言ったら、おれもここでおにぎりを食べる」

一瞬きょとんとしたあと、泉実は噴き出した。

元喜もアハハと笑い、立ち上がった泉実と共に参道の続きを歩く。伊勢うどんは長旅で疲れた参拝客に、柔らかく茹《ゆ》でられた消化の良い麺を出したのが始まり、という説があるらしい。優しい気配りがあの太麺に少しでも宿っているとしたら、地元の名物を簡単にディスらなかった泉実を元喜も見習いたい。

そんなことを考えているうちにも緑の固まりがどんどん近づいてきた。外宮だ。横断歩道をひとつ渡ればもう目の前。入場料はいらないので小学生でもためらうことなく中に入れる。

自宅で印刷してきた外宮のマップを手に、衛士見張所《えしみはりしょ》の前を通って表参道火除橋《おもてさんどうひよけばし》を渡り、清盛楠《きよもりくす》と名付けられた巨木を見て、鳥居をふたつくぐれば神楽殿《かぐらでん》が見えてくる。泉実は砂利の敷き詰められた道をのんきそうに歩いているだけだが、元喜はいちいち足を止めて熱心に写真を撮り続けた。

「モトくんって写真好きなの？　それとも神社好き？」

「とりあえず今は神社がマイブーム」

へえっと声を上げる泉実の顔には「変わったやつ」と書いてあるような気がしたが、見なかったことにしておく。神楽殿の写真を様々な角度から撮り終えて、いざ正宮《しょうぐう》に向かう。

歩きながら小学生らしい会話もした。泉実が横浜から伊勢に来たのは、両親が経営していた食堂がコロナ禍のせいでうまくいかなくなったからだと言う。伊勢はお父さんの出身地だ。家業を手伝っているうちに、鳥羽《とば》にあるホテルの厨房《ちゅうぼう》で働けるようになり、それはよかったのだけれどと声のトーンが落ちる。何かと思ったら、泉実自身は転校した小学校になかなか馴染《なじ》めないらしい。二学期になって席替えがあり、ようやく話の合う相手ができたと、嬉《うれ》しそうに口元をほころばせた。話を聞いているだけだが元喜もホッとする。

「おれ、転校したことないからなあ。あまり考えたことなかった。これからは転校生に優しくするよ」

「うん。よろしく。モトくんは学校での悩みってないの？」

「あるって言えばあるし、ないって言えばないような」

泉実は「何それ」と笑う。

「おばあちゃんとはよく旅行するの？」

「ううん。このところちょっと悩んでることがあって、おばあちゃん、心配してくれたのかもしれない」

「悩み、あるんじゃないか」

「だから、あるって言えばあるんだって」

元喜は答えながら片手をリュックにまわした。荷物の隙間にスケッチブックが押し込まれている。あれを出して何か描きたくなった。たとえば目の前で首を傾げている泉実の顔とか。大きくはないけど小さくもない双眸《そうぼう》に細い鼻筋、うすい唇。あっさりとした顔立ちで髪の毛もさらさらしている。頭の回転は速そう。クールな印象もあるけれど話せば表情豊かで、ゲームキャラで喩《たと》えるなら、耳寄りのネタをいいところで持ってきてくれる情報屋だろうか。

ますます描きたくなって小道に置かれたベンチに座った。リュックを下ろしてチャックを開けたが、額から汗がしたたってスケッチブックどころではない。タオルを出して汗を拭《ぬぐ》い、喉《のど》も渇いていたので水筒の水を飲み、また汗が噴き出してタオルをごしごし動かす。

そんな元喜を前に泉実は涼しい顔で突っ立っている。汗もほとんどかいていない。元喜につられたのかペットボトルの水を飲むがその量も少ない。

「いいなあ、痩《や》せてるやつは」

思わず言うと、泉実は意味がわからなかったようで首を傾げる。

「太っているとやたら汗が出るんだよね。疲れやすくてすぐにエネルギー切れ」

「ああ、それは……」

「言うなよ、だったら痩せろって」

「言わないよ。モトくん、そんなに太ってるようには見えないし」

ある程度は太って見えるのだ。無理もない。揺るぎない事実だ。そんなことを噛《か》みしめている場合ではないので、タオルや水筒をしまってリュックを背負う。

贅肉《ぜいにく》は無理でも気持ちはぐっと引き締めて正宮へと向かう。神社界のボスとも言える伊勢神宮外宮の中でも、もっとも格の高い正殿のある場所だ。ついに来たぞと勇者になった気分で歩いて行くと、素晴らしく大きな木々の先に灰色の大鳥居が見えてきた。そこをくぐるとすぐ前に茅葺《かやぶ》き屋根をのせた社殿があり、多くの人が手を合わせて拝んでいた。

まずはここでお参りかと思ったけれども、そうではなく、観光客が足を踏み入れられるのはそこまでだった。マップからすると奥にはさまざまな社殿が配されているようだが、手前の社《やしろ》から左右に堅固な柵《さく》が続き、背伸びをしても見えるのはごくわずか。

「えー、これだけ？　中に入りたい」

元喜が声を上げると、「そんなこと言ったって」と泉実はたしなめる。

「せっかく来たんだから大きくて立派な建物を見たい」

「みんな我慢してるんだよ。モトくんもね」

警備員さんからも冷たい一瞥を向けられ、しぶしぶ社から離れる。

どんなにごねても規則が変わらないことくらいはわかるので、近くの土宮《つちのみや》や風宮《かぜのみや》を見てまわり、水路に架かった平べったい石が「亀石《かめいし》」という特別な石であることを知って、すごく嬉しくなって写真を何枚も撮った。御厩《みうまや》の前を通って北御門口《きたみかどぐち》に出る。門の手前にトイレがあったので元喜だけが寄った。用をすませて表に出ると、泉実が自分のスマホを耳に当てて誰かとしゃべっている。

「ぜんぜん気付かれてないよ。ほんと」

そんな声が聞こえてきた。

「うまくやってるから大丈夫。ちゃんと連れて行くよ」

なんの話だろう。

誰が気付いてなくて、誰とうまくやっている？

ポカンとして手足の力が抜ける。もしも「誰か」が自分だとしたら、どういうことだろう。どこに連れて行くつもりなのか。泉実のことがわからなくなる。通りすがりの親切な小学生ではないのか。偶然出会ったにしては、付き合いが良すぎるような気もするけれど。

頭の中がほぼ真っ白なので、作らずとも何事もなかった顔はできた。元喜は少しだけ後ずさり、たった今トイレから出てきたかのように砂利を踏みしめた。物音が聞こえたらしく、泉実は電話を切ってスマホをしまう。

振り向いた顔におかしな歪《ゆが》みなどはなく、どう見てもふつうの小学生だ。悪いことを企《たくら》んでいるようには思えない。聞き間違いだろうか。他の人のことを言っているのかもしれない。

行こうと促され、元喜はただうなずいた。外宮を出て横断歩道を渡ると、内宮に行くらしいバスが乗り場に停まっていた。駆け寄って乗り込み、後部座席に並んで座る。子ども料金は二百二十円だ。おにぎり一個分よりも高い。親切だけで付き合えるだろうかとまたしても疑念がふくらむが、「モトくんは内宮のマップも持ってきたの？」と話しかけられて「もちろん」とリュックから取り出す。それをのぞき込み、五十鈴《いすず》川《がわ》や宇治橋《うじばし》をなぞっている泉実はやはり好ましい。突っぱねることはできそうにない。内宮までだ。そこで別れよう。変なところになんか絶対に行かない。おばあちゃんもそろそろ来るにちがいない。

自分に言い聞かせ、元喜は内宮前のバス停で降りた。

ネットで見た宇治橋はそこからすぐの場所にあった。疑念やもやもやは消し飛び、感激と共に写真を撮りまくる。通りすがりの人が声をかけてくれたので泉実とのツーショットもカメラに収めた。マップ片手に大山祇《おおやまつみ》神社に参拝し、衛士見張所をチェックして、幅広の参道をきょろきょろしながら弾む足取りで歩く。泉実がトイレに行きたいと言ったので参集殿《さんしゅうでん》に寄った。敷地内に設けられた休憩所だ。

外で待っていると、白い服を着た女の子が御厩の前にいた。自分よりいくつか年下だ。風に揺れる長い髪の毛と繊細な目鼻立ちが、厳かな木々の緑によく映える。

厩の馬をじっとみつめる横顔は物語めいていて、とてもそそられた。

元喜は近くのベンチに腰かけ、リュックからスケッチブックを出した。女の子の姿形を白い紙の上に描き留める。湧き上がってくるイメージは予言の巫女《みこ》。白馬をそばに寄せたら完璧《かんぺき》だ。

鉛筆がすいすい走り、女の子が描けたところで泉実が出てきた。絵の話をしてると長くなるのでスケッチブックはしまって立ち上がる。

参集殿の中にはテレビがあり、神宮についてのビデオを上映しているそうだ。それを聞いて元喜も建物の中に入る。紹介ビデオには蘊蓄《うんちく》も含まれているのでずっと見ていたかったけれど、お腹がぐーぐー鳴り始めたのであわてて外に出た。

「うどん一杯じゃ、ぜんぜん足りなかった。何時？　わ、もう三時だ。お腹が空《す》いて当たり前だよ」

「でも、ここには何もないよ。おはらい町《まち》まで行かなきゃ」

「食堂ないの？　売店でパンとかお菓子とか」

「そういうのはみんな敷地の外。先にお参りをすませよう」

「歩きまわっているうちに空腹で倒れるかも」

「じっとしててもお腹は空くって」

泉実にリュックを押されて、ともかく正宮を目指す。敷地の一番奥だ。外宮よりも土地に起伏があるので、眺めに変化があって木々の茂り方も野生の趣が強い。空腹は忘れがたいが神社の空気は存分に味わいたい。その一心で階段の上の正宮にたどり着く。

外宮と同じく手前からの参拝だ。そういうものだと理解が追いついていたので静かに手を合わせた。

「よかった、モトくんがおとなしくて」

「お腹が空いてるからだよ」

「やっぱり」

「ちがうよ。おいそれとは近づけないというのも、いいかもしれないと思って。そばまで来られるだけでも上等。ありがたい。そういうふうに、最初から庶民には手の届かない賢所《かしこどころ》なんだ。格が違う。ああ、いい言葉だね、『格』って。伊勢神宮には神様の親分がいる。外宮には豊受大御神《とようけのおおみかみ》。内宮にはさらに格上の天照大御神《あまてらすおおみかみ》。まさしくラスボスだ。素晴らしい」

「感動するのはいいけど、おれもぺこぺこだよ。行こう」

正宮前の、多くの人が踏みしめた階段を下りて脇道に入る。次に目指すのは荒祭宮《あらまつりのみや》だ。道の左右には巨木がそそり立ち、見上げると遥か彼方《かなた》の枝葉の先に空が見えた。

濃い緑の重なりは吸い込まれそうなほど深い。

途中に御稲御倉《みしねのみくら》や外幣殿《げへいでん》があったので大喜びで注視する。苔《こけ》むした茅葺き屋根を載せた小ぶりのお社だ。スケッチしたくてたまらなくなったが空腹がひどくて我慢する。

「こういうのにいちいち感動する小学生って珍しいよね。モトくん、ほんと面白い」

「いや、それほどでも」

「変わっているって言われたら怒る？」

「怒らないよ。おれなんかまだまだだから」

「何がまだまだなの？」

しゃべりながら歩いていると階段が見えてきた。上がった先に立派な社殿が設えられ、ここは直接お参りできるらしい。

「荒祭宮って、天照大御神の荒御魂《あらみたま》をまつる別宮なんだよ」

「よくわからないけどすごいってのはわかる」

「ほんと？　嬉《うれ》しいな。元気が出る」

「わからなくてもいいの？」

「ぜんぜんいいよ。なんとなくすごそうって、思ってもらうのがまず重要なんだ。そして難しい」

正宮ほどではないがここも参拝客が多かった。階段の途中から並ぶ形となり、粛々と進んでお参りを済ませる。当然のように元喜は感無量でしばし空腹を忘れた。

社殿から離れ、階段の中ほどで写真を撮っていると「山本《やまもと》！」と声がした。

振り向くと同じ年頃と思われる男の子が、階段の下からこちらを見ている。

「一平《いっぺい》くん、どうしたの？」

泉実も気がつきその子に駆け寄る。

「愛加《まなか》がいなくなっちゃって。山本、見てない？」

「ううん。愛加ちゃん、一時退院してるんだっけ」

「木曜日から二泊三日ね。今日はもう病院に戻らなきゃいけないんだ。でもその前にお参りしたいというからここに来た。でもいつの間にかいなくなっちゃって」

「それで捜しているのか」

「このあたりで見てないかな。白いワンピースを着てるんだ。髪の毛は結んでなくて垂らしてて」

横で聞いていた元喜は「あっ」と声を上げた。ふたりの視線が注がれる。一平と呼ばれた子は泉実に問いかける顔をした。

「東京の友だち。伊勢神宮が見たいというから案内してたんだ」

さらりとためらいなく「友だち」と言われ、元喜は首を縦に何度も振る。

「おれ、ワンピースの子ならさっき見たかも」

泉実が「ほんと？」と聞き返す。

「うん、イズミくんがトイレに行ってるときだよ」

言いながらスケッチブックを取り出し、そのページを広げてみせる。ふたりは一斉に目を見張った。

「愛加だ」

「すごい。モトくんってこんなに絵が描けるの？」

「白い服が目立っていたから、ちょっと描いただけ」

「どこで見たのかな。トイレって言ったっけ」

一平が切実な声を上げる。愛加は妹だろうか。一時退院というからには、何かしらの病気で入院中なのだ。

泉実が「参集殿だよね」と元喜に言う。

「うん。その近くの厩《うまや》の前に立っていた」

「厩のまわりもぐるっと見てきた。もういなかったから、そこからどこかに行ったんだ。どこだろう。ワンピース、薄くてぺらぺらなんだ。すぐに身体が冷えちゃうよ。風邪なんか引いたら大変なのに。お母さんもお父さんもずっと走り回って捜してる。でもぜんぜん見つからなくて。内宮、広すぎるよ」

「おれも手伝う。一緒に捜そう」

「うん。もしかしたら植え込みの間とか、木の裏とかに倒れているのかもしれない」

ふたりは今にも走り出しそうだ。

「ちょっと待って」

元喜はあわててふたりを止めた。

「参集殿の中は見た？　みんなが座っている椅子のところ」

「見たよ、もちろん。でもいなかった」

「よく見たかな。おれ、絵を描いたあと、トイレから出てきたイズミくんに言われて、参集殿にあるビデオを見に行ったんだ。そこを出るとき、白い服の女の子がベンチに座っているのがちょっと見えた。なんでちょっとかというと、おばさんたちの集団がいて、その中にまぎれていたから」

一平は呆然《ぼうぜん》とした顔で立ち尽くす。ほんの数秒のことだ。すぐハッとして、もう一度見に行くと言う。元喜と泉実もうなずき、三人は駆け出した。

元喜が女の子を見かけてから二、三十分は経っていた。ずっと同じ場所というのは考えられず、トイレや階段、中庭を調べ、おばさんたちの集団がまだいれば、何か知っていないか聞いてみよう。そんな話をしながら目指す建物に駆け込む。

参集殿の中は広々とした休憩スペースになっていた。並んでいる木製のベンチの数も多いが、元喜は迷うことなく女の子を見かけた場所に向かった。おばさんたちがどっかり腰を下ろしている。三十分前に見かけたときはもっとたくさんいたが、今いるのはほんの数人だ。おばさんたちの区別はつかないけれど、同じ集団に思えたのはベンチのまわりに荷物が置かれているから。積み重なったエンジ色の袋に覚えがあった。座っているおばさんの手には杖《つえ》があるので、足の弱い人だけがここに残っているのかもしれない。

その中の、やけにふくよかなおばさんの向こうに、小さな頭がのぞいていた。まわり込んで小学生たちは息をのむ。女の子は丸々としたおばさんにもたれかかり、どうやら眠っているようだった。すっぽりジャンパーのようなものをかけられているので、白い服はほとんど見えない。ふくよかなおばさんも熟睡しているので、寄り添うふたりはまるでひとつの固まりのようだ。

一平は歩み寄りそっと手を伸ばした。女の子のかぶっているジャンパーをずらし、顔をのぞき込む。肩を少しだけ揺らすと女の子は身じろぎした。

「愛加……。おい、愛加」

閉ざされていた女の子の瞼《まぶた》が持ち上がり、口元が動く。

「あれ？　ここどこ」

「内宮の休憩所だよ。心配したんだから。すごくすごく」

一平は肩をふるわせ嗚咽《おえつ》を漏らした。泣いているらしい。元喜もいつの間にか涙が出ていた。泉実もしきりに目を拭《ぬぐ》う。そして一平に話しかけた。

「よかったな、見つかって」

「うん」

「お母さんたちに連絡ってできる？　知らせてあげた方がいいよ」

泉実の言葉にうなずき、一平はポケットから出したキッズケータイを操作した。電話をかけたようだ。「愛加いたよ」「参集殿に来て」という短い言葉で切れる。きっとすぐにやって来る。

ようやくちゃんと目が覚めた女の子は「お兄ちゃん、ごめんなさい」とべそをかいた。となりのおばさんはまだ寝ている。近くにいたおばさんによれば、女の子はちょこんと腰かけているうちに居眠りを始め、不安定な姿勢を見かねたとなりのおばさんが自分にもたれかかるよう促したらしい。まわりの人たちも女の子の薄着を気にして、冷えないようジャンパーをかけた。そのうち家族が迎えに来るだろうと、暢気《のんき》に構えていたようだが、小さな身体はすっぽり埋もれて見えにくくなった。

おばさんと話をしていると休憩所に駆け込んでくる大人がいた。一平の両親だ。お母さんは女の子を見つけるやいなやすっ飛んできて、涙ながらに抱きしめた。まわりのおばさんたちは驚いたりもらい泣きしたりと忙しい。

一平のお父さんが「よくみつけたな」と息子に声をかけ、一平は「友だちが教えてくれた」と元喜たちを指す。お父さんは驚いた顔になり、大量のお礼の言葉を今にも言いそうになるので、元喜は尻込《しりご》みして泉実の背中にくっついた。気持ちは伝わったらしい。

「一平くん、おれたち行くね。ほら、観光の途中だったから」

「ああ、そうか。そうだったね。ほんとうにありがとう」

「また学校で」

お父さんは引き留めたそうだったが、一平が説明するだろう。元喜と泉実は速やかに休憩所から離れ、参集殿の建物から出た。

ざわざわした室内にいたので表の空気が気持ちいい。砂利道を踏みしめる感触も、風に揺れる木漏れ日も、大きな敷地を包み込む樹木の重なりも、飛び交う小鳥のさえずりも新鮮に感じられて、自分がアップデートしたような気分だ。身も心も軽くなり、元喜はすいすい通路を進む。大きな参道に出たところで突然思い出した。

「お腹、空《す》いた」

となりで泉実も言う。

「おれもだよ。お参りはもういいね」

いや待てよと、普段だったらマップを確認する元喜だがその力はもうなかった。右手の方角に宇治橋が見えている。神聖な場所と俗世をつなぐ橋であり、俗世には今もっとも欲するものがある。

「橋を渡った先になんとか横丁ってのがあるんだよね」

「うん。美味《おい》しいものがずらりと並んでいるよ」

「ずらり」

「コロッケとかお団子とか」

「わーん」

涙ぐみそうになる。さっきの一件で、涙腺《るいせん》が緩んでいるらしい。最後の力を振り絞って宇治橋を渡り終えると、「ずらり」がどこなのかはすぐにわかった。参拝客が吸い寄せられる通りがあり、左右に店屋がひしめいていた。

真っ先に「赤福《あかふく》」という看板が目に入り、元喜は飛びつきそうになったが、もっと食べやすいものから行こうよと泉実に止められた。引きずられるようにして歩くと今度は松阪牛《まつさかうし》コロッケと。

「イズミくん！」

「わかったよ。三百円はちょっと高いけど食べたいよね」

ちょうどお客さんが途切れたタイミングだったので、食べ歩き用の紙に包まれた揚げたてのコロッケを早々とゲットする。落とさないよう両手で持ってかぶりつくと、熱いし美味しいし。衣がさくさくで、探すまでもなく牛肉が口の中に入る。ジャガイモとのハーモニーは抜群だ。

またしても目が潤みかけたが瞬く間に平らげてしまい、泣いている場合ではない。泉実も食べるのが速く、よし次だ。ゆったり歩く大人たちの間をちょこまか歩き、「モトくん」と腕を引っ張られればそこは豆腐屋さんらしき店。お品書きの中に「うの花どーなつ」百二十円とある。値段からして素晴らしい。元喜はふたつ買おうとしたが、「この先にだんご屋がある」と言われてひとつで我慢する。

ドーナツの品のいい甘さにうっとりしたあとは、だんご屋に突進だ。ショーケースに鎮座した団子のレプリカはすべて神々しく、きなこ、黒蜜《くろみつ》、生醤油《きじょうゆ》、みたらし、花《はな》子串《こぐし》と、全種類が食べたくなったが、それを言うと泉実から盛大に引かれたので、黒蜜とみたらしの二本に絞った。これがまた奥深いとろとろの甘さで心も胃袋も思い切り揺さぶられる。

「ひれ伏したい」

「やめて」

団子の食感ももちもちして永遠に噛《か》みしめていたいのに、飲み込んでしまうのであっという間になくなる。

「寂しいよ。もっと食べたい」

「そこに伊勢うどんがあるよ。食べてく？」

「え？　ちょっと待って」

正気になることを言われおとなしくだんご屋から離れれば、目の前におかげ横丁《よこちょう》のシンボル、招き猫が見えてきた。元喜はようやく落ち着きを取り戻し、まわりを見渡す余裕もできた。宇治橋のたもとから続くおはらい町は、土産物店や食べ物屋が軒を連ねていたが、家屋のほとんどが灰色の瓦《かわら》屋根に茶色の板壁に統一され、風情を醸し出しつつ趣があって美しい。のれんや幟《のぼり》、看板は色とりどりなので賑《にぎ》やかで楽しいが、歴史を感じさせる建物がぐっと引き締めている感じだ。

その途中にあるおかげ横丁は、脇道から先に広がる四角いエリアで、こちらにも土産物店や飲食店がぎゅっと詰まっている。

元喜は泉実に勧められて屋台で売っていたキュウリを買った。一夜漬けのキュウリが棒に刺さっている。空いているベンチに腰かけ並んで食べる。さっぱりして揚げ物やお団子のあとにぴったりだ。元喜にとっては格好の仕切り直しになる。

「ようやく少し落ち着いた」

「少しか」

「そりゃそうだよ。マックスの空腹だったんだから。さっき串カツやメンチカツのお店を見かけた。あそこに行きたい。どのお店かわかる？　プリンソフトや鯛《たい》焼《や》きの店も」

「うん」

「よかった。そんなに高くないから小学生のお小遣いでも食べられてサイコーだね」

「元気になってよかった。あのさ、言いそびれていたけど、愛加ちゃんの件はほんとうにありがとう。一平くんは転校してきて初めてできた友だちなんだ。モトくんのおかげで力になれて嬉《うれ》しいと言うか、なんと言うか」

泉実は照れたように言葉を濁しながら、ぺこりと頭を下げた。女の子は安全な場所で居眠りしていたので、元喜たちが見つけなくても遅かれ早かれ目を覚まして事なきを得ただろうが、わざわざお礼を言う泉実の心情はなんとなくわかった。役に立ちたいという気持ち。喜ばれて嬉しい気持ち。元喜にも想像がつく。

返事の代わりにリュックからスケッチブックを取り出した。女の子が描かれたページを開くと泉実がのぞきこむ。

「ほんとうにうまいね。びっくりした」

「おれ、漫画描いてるんだ」

「漫画？」

「小さい頃から遊びでちょこちょこ描いてたんだけど、四年生のクラス替えで漫画好きのやつと同じ組になって、一緒にストーリー漫画作りを始めたんだよね」

「それぞれ別にじゃなくて、友だちと合作？」

うなずくつもりがため息になった。

「そいつも描けるやつだから、クラスのみんなが褒めてくれるものにはなる。でも投稿するほどのレベルじゃない。小学生でもおれたちよりずっとクオリティの高い漫画を描く人はいるんだ。日本は広くて、ただならぬ才能の持ち主はあそこにもここにもだよ。打ちのめされて凹《へこ》んでばかり」

「いや、それすごい。マジで頑張ってるんだね。もしかして、モトくんの悩みって漫画のこと？」

今度は素直にうなずいた。

「ちゃんと準備をしようってことになって、キャラクターをいろいろ描いたり、設定やストーリーのアイデアを出したりしてるんだけど、おれの案に友だちは『ありきたりだ』とか『そそられない』とか、いちいちケチつける。向こうのだってパッとしないのに」

「ため息になるね、それは」

「だろ？」

元喜は何度も首を縦に振ったのち、「でもね」と泉実に向き直る。

「あいつの出した古代の神様が出てくる話はちょっと面白い気がした。神社の息子が主人公で、現代に甦《よみがえ》った神様たちといろんなことがあるんだ。いろんなってのはまだ考え中ね」

「もしかしてそれで伊勢神宮？」

「そうそう。神様の親分が祀《まつ》られているところじゃないか。おばあちゃんから誘われたとき、すごいチャンスだと思った」

「伊勢エビに釣られたんじゃないんだ」

ベンチに座りたそうにしているお年寄りがいたので、立ち上がってさっそく串カツの店に向かう。凹むことは多いけれど、お腹は気持ちよく膨らませたい。串カツとメンチカツはこれまた揚げたてで感涙ものだ。丸い形をした鯛焼きはどこから食べても餡《あん》がいっぱい。

「モトくんの漫画にもこういう横丁は出てくるのかな」

「出したいなあ。一平くんの妹、巫女《みこ》さんのイメージだったけど、コロッケ屋さんの看板娘でもいいかもしれない。でなきゃ、お土産物屋さんでパワーストーンを売っているとか。石を見分けるすごい目を持っているんだ。それを狙って悪い奴らにさらわれる」

「いいね、面白いよ、それ」

「ほんと？　特別な石とか、秘密の石とか、あったら広がるよね。練ってみたい。どこか、パフェの店にでも入ろうよ。椅子とテーブルがあるところ」

「待って。食べるのはもういいんじゃない？　伊勢エビが食べられなくなるよ」

言われてふと気付く。さっき泉実は今回の元喜の旅行について、「伊勢エビに釣られたんじゃないんだ」と言った。食い意地が張っている元喜を見て想像したのかもしれないが、なぜ伊勢エビ？　他にも名物はいろいろあるのに。

「イズミくん、おれが伊勢に来た理由をなぜ伊勢エビだと思うの？」

「え？」

「伊勢エビに釣られたって言い方もしたよね。どういうこと？」

泉実は視線を宙にさまよわせ、そっぽを向く。

「そういっておれを誘ったのはおばあちゃんだ。イズミくん、おれのおばあちゃんを知っているの？」

頭が曖昧《あいまい》に横に振られる。

「ちゃんと話してよ。おれもほんとうのことを言う。外宮でトイレに行ったあと、イズミくんが電話している声が聞こえたんだ。ぜんぜん気付かれてないとか、ちゃんと連れて行くとか、言ってただろ。あれはおれのことだよね。電話の相手は誰？」

元喜は追及の手を緩めず厳しい口調で詰め寄った。

「白状しろって」

泉実は両手を上げて降参のポーズを取る。

「わかった。全部しゃべる。でもその前に、少し歩いてもいい？」

「歩いてどこに行くの」

「美味《お》しいものの出てくる食堂だよ」

なんという殺し文句だろう。おまけに、たった今の「しまった」という顔が嘘のように柔らかな笑みを浮かべる。まわりは食べ物屋や土産物屋がひしめく横丁で、参拝客が楽しそうに行き交っている。元喜自身もまだ鯛焼きやメンチカツの余韻の中、怒ってはいられない。

「わかった。少しだけだよ」

「ありがとう。ほんの十分だから」

そこからまたおはらい町の通りに戻り、郵便局の前を通り、酒屋の角を曲がり、静かな路地を抜ける。そろそろ十分だろうと元喜が言いかけたとき、泉実が「あそこ」と指をさした。

灰色の瓦屋根をのせた板塀の、建てられてかなりの年月を経たとおぼしき、つまりはずいぶん古びた店屋だ。のれんはかかっていなかったが、看板には「山本食堂」と書かれている。

「イズミくんの苗字《みょうじ》って山本じゃなかった？　一平くんがそう呼んでたよね」

「ここ、おじいちゃんの店なんだ」

泉実は引き戸に歩み寄り、「準備中」という札を気にすることなく、がらがらと戸を開けた。元喜もくっついていく。

店の中にはテーブル席がいくつかとお座敷とカウンター。準備中らしく客の姿はない。片付けられたテーブルを見渡した元喜は、カウンターの前に座る人にハッとした。

「おばあちゃん！」

「モトくん、いらっしゃい。待っていたわよ」

「なんでおばあちゃんがここにいるの。急用があったんだよね？」

おばあちゃんは椅子から降りて、「そうなのよ」と大げさな身振り手振りで答える。

「昨日はクラス会だったでしょ。久しぶりに会ったクラスメイトの園子《そのこ》ちゃんと今日の午前中に待ち合わせて、名古屋に行くまでおしゃべりしていたの。二階にある喫茶店だったから、時間が来て階段を下りていたところ、園子ちゃんが足を滑らせ途中の段から落ちてしまった。びっくりしたわ。お互いに気をつけようと話したばかりだったのに」

「園子ちゃんって人はどうなったの？」

「頭を打ったから心配したけど、検査の結果は異常なし。ホッとしたわ。でも腰や足の筋を痛めているし、打撲もあるし、手首の骨にはひびが入っていた。しばらく入院ですって。昼過ぎにおうちの人が来て、ようやく病院を出られたの。ごめんなさいね、モトくん」

「こっちはぜんぜん大丈夫だったよ。付き合ってくれる子がいたから」

元喜が泉実の方を向くと、祖母も視線を動かし相好を崩した。

「あなたが山ちゃんのお孫さんね。あら似てる。小学生の頃の山ちゃんを思い出したもの。会えて嬉《うれ》しいわ。こんにちは」

「おばあちゃん、山ちゃんって？」

元喜が言うとカウンターの内側で「坊や、いらっしゃい」と声がした。日に焼けたおじさんがにっこり笑って白い歯をのぞかせていた。刈り上げた髪の毛はほぼ白髪で顔にも深い皺《しわ》が刻まれているのでおじさんではなくおじいさんという年なのだろうが、姿勢が良くて声も表情も溌剌《はつらつ》としている。

「もしかしてイズミくんの？」

「そうそう、じいちゃんんだ。泉実と仲良くしてくれたみたいで、ありがとな」

祖母が「あのね」と説明してくれる。病院で付き添いをしていた祖母は、ひとりで伊勢に行くという元喜からのメッセージを見て気を揉《も》んだ。頭に浮かんだのはその伊勢で、食堂を営んでいる同級生の山本勇吾《ゆうご》だ。前日のクラス会で会ったばかりで連絡もしやすい。電話で事情を聞いた勇吾は、孫の泉実を探しに行かせると請け合ってくれた。

「それならそれで言ってくれればいいのに」

元喜が恨みがましい視線を送ると泉実は肩をすぼめる。

「ごめん。最初は言いそびれて、途中からは内緒にして驚かせたくなってさ」

「モトくん、おじさんからも謝るよ。泉実に全部任せちゃったからね」

「私からもごめんなさい。びっくりするモトくんの顔が見たかったの」

三人から謝られ、ひとりだけふくれているのもバツが悪く、元喜は「まあいいか」

とつぶやく。

「イズミくんのおかげですごく楽しかったし、美味しいものもいっぱい食べられたし」

「おれもだよ。こんなに楽しい土曜日は引っ越して以来、初めてだ」

横浜からの転居や転校が泉実にはこたえている。今でも持っていき場のない思いを
抱えているけれど、新しい暮らしに馴染《なじ》もうと努力もしている。それを思い出し、元
喜は笑顔を取り戻す。頑張っている子は日本中どこにでもたくさんいる。

「イズミくん、明日《あした》は何か用事ある？　おれとおばあちゃんは鳥羽水族館の予定で。

あれ？　おばあちゃん、行けるよね？」

「もちろん、大丈夫よ」

「いいな、おれも行きたい」

「おお、だったら連れて行ってもらうといい。軍資金はじいちゃんが出すぞ」

「軍資金って？」

「えーっと、まあ、小遣いだな」

明日も一緒にいられたら嬉しい。祖母とふたりより断然面白くなるにちがいない。

今日の収穫も確かめたくて、元喜はリュックから外宮と内宮のマップを取り出した。

広げてのぞきこんだとたん、悲鳴を上げる。

「しまった！　五十鈴川御手洗場《みたらし》を忘れた」

泉実がすぐに応じる。

「そうか、行きも帰りも参集殿を抜けちゃったから」

参集殿は敷地の中央付近にあり、泉実がトイレに寄ったあと、近道をして正宮に向かった。荒祭宮に詣《もう》でたところで一平に会い、妹を捜すために一番早いルートで参集殿まで走った。御手洗場があるのは敷地の南西部だ。南側の参道を歩いていれば気付いただろうが、そちらに行かなかったのでうっかりした。

五十鈴川のほとりまで降りていける珍しくも貴重な場所で、いかにも創作心を刺激してくれそうだったのに。

「一生の不覚だ」

「あとで行ってみる？　それとも明日にする？」

「今日はもう元気がなくて、明日は水族館に行きたい。神様……お願いします。時間を巻き戻して」

思わず手を合わせると、泉実にあきれられる。

「そんなお願いをしたらもったいないよ。ここにいる神様が誰なのかはモトくんがよく知っているよね。御手洗場なら、そのうちおれが見に行ってあげるから」

「ほんと？」

「今日一日モトくんを見てたから、モトくんの喜びそうな写真や動画は撮れると思う」

ありがとう、助かると、泉実にじゃれつく。

「元気じゃないか。伊勢エビも美味《おい》しく食べられそうだね。じいちゃんの作るスペシャル海鮮丼は最高だよ」

なんという耳寄りの情報だろうか。そのスペシャルには甘みたっぷりのエビがのっているにちがいない。元喜が鼻息を荒くしていると、引き戸が開いて女の人がふたり入ってきた。泉実のお母さんとおばあちゃんだ。夜の営業時間にあわせて買い物や町内会の用事に出かけていたそうだ。

まあこんにちは、いらっしゃいと、ひと通りの挨拶《あいさつ》をすませると、晩ご飯はまだ先だから、子どもは遊んでらっしゃいと言われた。祖母にもさあさあと追い立てられる。

「モトくん、二階でさっきの練る話をしようよ」

「晩ご飯って何時かな。そんなに遅くないよね」

泉実のあとに続き、年季の入った階段を上がりながら元喜は思う。

もしも今日、夢の中で神様に出会えたら、自分はなんて言うだろう。

お願いではなく、お礼の言葉が出てきそうだ。良い友だちに出会わせてくれてありがとう。最高の一日をありがとう。ああ「ございます」をつけなくては。

いつかまた伊勢に来たい。お腹を満たした後に参拝したい。それはお願いではなく自分で叶《かな》えればいい。

泉実とまた会うことも、優れた漫画を描くことも。

願い事はとっておこう。なにしろここにいるのは神様の中の神様、この国一番と称される最高に尊い方なので。

失われた甘い時を求めて

新津きよみ

新津きよみ（にいつ・きよみ）
長野県生まれ。一九八八年『両面テープのお嬢さん』でデビュー。二〇一八年『二年半待て』で徳間文庫大賞を受賞。『女友達』『トライアングル』『ふたたびの加奈子』など多くの作品が映像化されている。主な著書に『ただいまつもとの事件簿』『セカンドライフ』『妻の罪状』『なまえは語る』など。

1

　三十四年の人生において、それまで自分の出生地など意識したことはなかった。意識するきっかけとなったのは、権威があるとされるN展に洋画部門で入賞して、わたしのプロフィルが美術雑誌で紹介されたことだった。

　経歴に「長野県松本市《まつもと》生まれ」と書かれた。

「へーえ、鷺沢《さぎさわ》さんって、信州《しんしゅう》出身だったんだ。それで、納得。まわりの自然によって美意識が鍛えられたんだね」

「松本は、三ガク都の街って呼ばれているとか。山岳と音楽と学問。いいところで生まれたじゃない」

「松本って、世界的な画家、草間《くさま》彌生《やよい》が生まれたところでしょう?　鷺沢未央《みお》とは芸術つながりってわけだ」

　何人かにそう言われたけれど、わたしにはピンとこなかった。

確かに、わたしは長野県松本市で生まれた。けれども、松本の記憶はまるでない。住んでいたのは、三歳の誕生日の直前までだったからだ。「松本」と聞いても、住んだことのない「札幌《さっぽろ》」や「福岡《ふくおか》」、いや、そこまで遠くなくとも、「岐阜《ぎふ》」とか「静《しず》岡《おか》」と同じくらいの感慨しか覚えないし、そよとも心を揺さぶられない。懐かしさなど感じるはずがなかった。

パパの転勤で東京から松本に引っ越したとき、ママのお腹は大きかったという。転居先の松本でわたしが生まれて、三歳の誕生日はまた東京で迎えることになった。その後もパパは地方や海外で仕事をすることがあったけれど、わたしが大学までエスカレーター式の中学校に入学したこともあり、それ以降は単身赴任が続いた。

松本の記憶がまるでないわたしが、なぜいま松本に足を踏み入れて、老舗《しにせ》の純喫茶の店内にいるのか。そして、サイフォンで淹《い》れてもらった「本日のおすすめ」のグアテマラのコーヒーを、金色に縁取られた煌びやかなデザインのカップで飲んでいるのか。

――ここ、パパとママも入ったことがあったのかしら。

コーヒーカップを手に、ダークブラウンの落ち着いた色調で統一された店内を見回してみる。

「珈琲《コーヒー》美学アベ」という店名だけに、オーナーの独特の美学に基づいて揃えられた調度品なのだろう。英国調のテーブルや座り心地のいい椅子、ステンドグラスの照明やシルバーで統一された砂糖壺《つぼ》やミルク入れなどの小物類、棚に飾られたアラビアンナイト風の水差しや壁に貼られたレトロな雰囲気の西洋のポスターなどに、コーヒーをただ味わうだけでなく、空間も含めて存分に楽しんでほしい、というオーナーのこだわりが感じられる。

一九五七年に開業した喫茶店だというから、わたしが生まれるずっと前からあったのだ。

――松本のことを、もっとたくさん両親に聞いておけばよかった。

胸を熱いものがよぎる。松本に住んでいたときのことなどいつでも聞ける。だって、パパもママもまだ若いんだから。そう悠長に構えていた自分を呪いたくなる。

パパは三年前に、ママも昨年亡くなった。どちらも病死で、急死に近かった。きょうだいのいないわたしは、杉並《すぎなみ》区の西荻窪《にしおぎくぼ》の自宅に一人きりになった。

二人の遺品を整理していて出てきたのは、わたしが小さいころの写真。通行人に撮ってもらったのだろうか、松本城を背景に家族で撮った写真が一番きれいに写っていた。赤ちゃんのわたしはパパの腕に抱かれて、ママの腕はパパの背中に伸びている。

その写真を含めた数枚の写真と、二人に聞かされた松本の思い出のかけら。それらを手がかりにして、自分のルーツを探ってみよう。もう一度、若いころのパパとママに会いたい。そんなふうに思い立って、新宿《しんじゅく》駅午前九時発のあずさ9号に乗った。

三十一年ぶりの松本だった。

2

「マサムラのシュークリームは、おいしかったわ」

いつだったか、コンビニで買ってきたシュークリームをママと食べていたとき、ふとママが発した言葉を覚えていた。

自分が生まれた松本市に、「マサムラ」という名前のシュークリームのおいしいパティスリーがある。その店名とシュークリームにまつわる数々のエピソードは、頭の片隅に刻み込まれていた。

今日一日の「自分探しツアー」の旅程を組み立ててから、「珈琲美学アベ」を出た。帰る時間は決めてある。松本駅十六時三十分発のあずさ46号新宿行きだ。

まず、その「マサムラ」に向かう。SNSで調べたら、店舗は駅に近い深志《ふかし》店と松本城に近い上土《あげつち》店の二つあるという。

「お城へ向かう途中の路地を入ったところ、薄暗い通りにあったわね」

あのときママは、「マサムラ」のシュークリームに関する思い出を、目を細めながら語った。したがって、目的の店舗は上土店のほうだろう。

駅方面に引き返すと、ロータリーから枝分かれした道の一本、公園通りを選んで歩を進めた。手には、松本市の中心街の地図を持っている。スマホ画面に表示される地図を見ながら観光する人がほとんどの中、わたしはどこに行ってもいまだに紙の地図に頼っている。

「美大で油絵を専攻した人だけに、紙の感触に惹《ひ》かれるんだよ」と友達に指摘されて、そうかもしれないと気づいた。そんなわたしの職場は、日本橋《にほんばし》にあるデザイン事務所で、大手菓子メーカーから依頼を受けてパッケージのデザインを担当している。向き合うのは、つねにパソコン画面である。

週末には必ず筆をとってカンバスに向かい、油絵の大作を仕上げることを自分に課してきたのは、「絵の具をつけた筆でカンバスに描く」という原点を忘れたくなかったからだった。年に一度のN展への出展を目標にし始めて二年目に初入選し、七年目の今年、洋画部門で新人賞を受賞した。

両側に飲食店が建ち並ぶ通りを歩いて行くと、左手にPARCOの看板を冠した白いビルが見えてきた。都内や埼玉などに店舗があるPARCOの系列店だろうか。入ってみたい気もしたが、今日の目的からはずれているのでやめておいた。向かいは広い公園になっている。

ＰＡＲＣＯの先の交差点を渡り、少し歩くと大きな通りに出た。ガラス張りの和菓子店「開運堂《かいうんどう》」が角にある。ここも老舗らしい。大型のショーケースに、色とりどりの幾種類もの和菓子が並んでいる。

大通りを右方向に南へ進むと本町《ほんまち》方面、左方向に北へ進むと大名町《だいみょうちょう》方面で、その先に国宝松本城に続くお堀が見えてくるはずだ。

左手に折れて少し進むと、伊勢町《いせまち》通りとぶつかる右手にレゴの形に似た巨大な箱を二つ積み重ねたような近代的な建物が現れた。「信毎《しんまい》メディアガーデン」と称される複合施設で、設計したのは長野県出身の世界的な建築家伊東豊雄《いとうとよお》氏だという。わたしが生まれたときはなかった建物である。信濃毎日《しなのまいにち》新聞松本本社のほか、カフェやレストラン、食品やキッチン雑貨の店、アウトドア専門店などが入っているという。市民に開放されたコミュニティスペースでは各種イベントが開催されたり、イベントのときには建物前の広場に舞台が設置されて、屋台が出たりして賑《にぎ》わうらしい。平日の今日は、とくにイベントの予定はないようだ。

そこから中町《なかまち》まではすぐだった。昔の街並みを再現した蔵通りとしてガイドブックにも載っているし、テレビの旅番組でもしばしば取り上げられるだけあって、平日でも観光客の姿が目につき、人通りは多い。

中町を越えると、緩やかな上り坂の先に橋が現れる。松本の街を東西に流れる女鳥《めと》羽川《げ》にかかる千歳橋《せんさいばし》だ。橋を渡ると、城下町を訪れる人たちの道案内を買って出るかのように瓦《かわら》屋根の古風な交番が出現し、狭い通りを挟んで、愛嬌《あいきょう》たっぷりの蛙の石像が出迎えてくれる。

狭い通りは「縄手《なわて》通り」と名づけられており、その名前の由来が蛙のオブジェの隣の表示板に記されている。一本の縄をまっすぐに伸ばしたような細長い道であることから「縄手通り」と名づけられたとあるが、もともとは松本城の総堀と女鳥羽川の清流に挟まれた土手だという。

石畳の道の両側に間口の狭い店が軒を連ねる様子は、さながら縁日のようだ。骨董《こっとう》品店や雑貨店や玩具《がんぐ》店もあれば、たい焼きやたこ焼きやジェラートを売る店、カフェや居酒屋などの飲食店も建ち並んでいる。パン屋や青果店や食器店や生花店などもあって、観光客向けのみやげものに限らず、地域の人たちが日常的に生活必需品を求めて訪れる場にもなっていることが察せられる。

左手に見えてくる大きな鳥居は、「四柱神社」の鳥居である。「よはしら」と読むのはSNSで調べて知った。鳥居をくぐって本殿に向かい、参拝してから参道でもある縄手通りへと戻る。

歩行者天国になった通りを、視線を左右に移しながらゆっくり進む。休憩できるようにところどころにベンチが置かれている。

右手にパステルカラーの看板を見つけて、ふと足をとめた。白い木枠のドアの横にガラス窓が設けられており、窓越しに室内で女性が手を動かして、何か調理している姿が見えた。

店名は「ポルトガル工房・アレンテジャーナ」。期待を抱きつつ窓に近づいてみる。思ったとおり、壁に貼られたメニューに「パステル・デ・ナタ」がある。

――まさか、こんなところで異国のお菓子に再会できるなんて。

パステル・デ・ナタは、カスタードクリーム入りのタルトで、ポルトガルの伝統的な焼き菓子として有名だ。ポルトガルの首都リスボンのベレンにあるジェロニモス修道院が発祥の焼き菓子とされている。

美大に進学した年の夏休み。ママとわたしは、パリに単身赴任していたパパに会いに行った帰りに、スペインとポルトガルを観光した。パリでルーヴル美術館とオルセー美術館を見学して感動したわたしは、油絵を学ぶならマドリードのプラド美術館もこの機会に見学すべきだろうと思ったし、バルセロナまで行って、未完の建築として知られるアントニ・ガウディ作のサグラダ・ファミリアをひと目見たいという気持ちも抑えられなかった。

「ポルトガルに行きたい」と強く主張したのは、ママだった。ユーラシア大陸最先端のロカ岬へ行ってみたいという。四国の海辺の街で生まれ育ち、上京して都会育ちのパパと結婚したママは、ときどき海が恋しくなると言っていた。リスボンからの日帰りツアーに加わり、風の強い日に岬の先端に立った。ママが首に巻いたオレンジ色のスカーフが風になびいていたのを、昨日のことのように思い出せる。

リスボンの街で現地在住の日本人ガイドに勧められて食べたのが、焼き菓子のパステル・デ・ナタだった。焼きたてのさっくりしたパイ生地の食感と、口の中に広がる濃厚なカスタードクリームの甘さを舌が覚えている。

一つ味見してみようか。思わず食指が動きそうになったけれど、いけない、いけない、と自戒した。やはり、今日の目的からはずれているし、舌の感覚を研ぎ澄ませておかなければならないからだ。

縄手通りの終点一ツ橋に到達し、上土町へ向かって北上すると、「大正《たいしょう》ロマン漂う街へようこそ」という立て看板が目に入った。道の先に昔映画館だった建物「上土劇場」があるらしい。そこまで行かずに最初の交差点を左折して、ママが「薄暗い通り」と表現した路地に入る。

角に古めかしい店構えの「翁堂《おきなどう》」があった。この「翁堂」も「開運堂」と並ぶ松本の老舗《しにせ》和菓子店という情報は、事前に仕入れてある。その数軒先に「マサムラ」の看板が見える。

木造のシックな店舗だ。入り口のガラス扉のまわりの外壁に、黒いタイルが互い違いにはめこまれている。扉の上の艶消《つやけ》しのガラスブロックがアクセントになっていて、レトロな雰囲気を醸し出している。黒いタイルの上に取りつけられた赤と白の看板が、モノトーンの建物に映える。四葉のクローバーを配したロゴにも「フランス菓子マサムラ」と書かれた文字にも派手さはなく、パリの路地裏にあっても不思議ではない簡素な佇まいの店である。

店内には何人か客がいた。重厚なガラス扉の取っ手を慎重に引いて、店に足を踏み入れた瞬間、甘い香りに全身が包まれた。L字形のどっしりしたショーケースに所狭しと洋菓子が並んでいる。

「お決まりになりましたか？」

シュークリームの種類の多さに圧倒されてショーケースに魅入っていたわたしは、声をかけられて我に返った。

「ベビーシューをください」

ひと口で食べられそうなサイズの一つ百六十円のシュークリームを、三つ注文した。

「お持ち帰りになるまでのお時間は？」

店員に聞かれて帰りの電車の時間を伝えると、箱に保冷剤を詰めてくれた。

シュークリームの入った箱を持って、わたしは次の目的地へと向かった。

3

クリーム色の外壁に青い瓦屋根の建物の前で、わたしは大きく深呼吸をした。レンガ塀の上に「K医院」と横長の看板が立てられていて、「産科・婦人科」と診療科名が書かれている。

ここは、ママがわたしを出産した産婦人科医院だ。

看板がなければ、洋館として建てられた個人宅にしか見えない。

「松本城の東側、お城からそう遠くない場所にあって、アーチ形の窓が特徴的なとてもすてきな産院だったのよ。紹介されたからでもあったけど、ひと目見て気に入って、絶対にここで産みたいと思ったの。一階に診察室と奥に分娩室《ぶんべん》があって、二階が病棟になっていたわ。畳敷きの部屋で、そこにベッドが置かれていてね。外観は西洋風だけど、中の造りは和洋折衷というか、不思議と落ち着ける雰囲気だったの。食事も家庭的で、信州産の食材がふんだんに使われていてね。陣痛がきたものの、生まれるまではまだかなり時間がかかりますよ、って言われて。でも、お腹がすいちゃって。そしたら、食べやすいように細かく刻んだ野沢菜入りのおにぎりを握ってくれたの。そのおいしさが忘れられなくてね」

ママが遺した母子手帳を見ていたら、断片的に語っていたママの一つ一つの言葉がつながったのだった。

ママが話していたとおりの外観に感激して、何だか目頭が熱くなった。クリニック通りとでも呼ぶのだろうか。K医院周辺には、歯科や内科や耳鼻咽喉《じびいんこう》科などの個人医院の建物が目につく。

シュークリームの入った箱を手に、ためらいを覚えた。医院の玄関の入り口は、人目を避けるようにガラスブロックで隠されている。だが、科が科だけにどういう理由をつけて待合室に入ればいいのかわからないし、かといって、ここでこの建物を見ながら食べるわけにもいかない。

ママが言ったとおり、松本城公園までは歩いてすぐだった。公園内に入ると、一気に観光客の数が増した。天気に恵まれた初秋。黒門の前に、天守に登るのを待つ人の列ができている。家族連れもいれば、カップルも外国人観光客もいる。

城壁を黒く塗られた五重六階のお城の遠く向こうに、北アルプスの雄大な山並みが見える。三角形の美しい山は常念《じょうねん》岳と呼ぶらしい。松本駅に着いたとき、駅構内の展望通路に貼られた案内板に記されていた。あとの山々の名前は……思い出せない。

お城を正面に望む木陰に、ベンチがいくつか置かれている。その一つに座り、背負っていたリュックとシュークリームが入った箱を脇に置いて、内堀に浮かぶ現存する大守の中では日本最古と言われる名城をしばらく眺めていた。

赤ちゃんを抱いた女性がお城を背景に、男性に写真を撮ってもらっている。おそらく彼女の夫で、赤ちゃんの父親だろう。笑顔で写真を撮ってもらったあと、今度は赤ちゃんを夫に預けて、自分が二人を撮ろうとしたのか、スマホを持ってちょっと首をかしげた。そのわずかな躊躇《ちゅうちょ》を感じ取り、わたしは立ち上がった。

「三人一緒の写真、お撮りしましょうか」

三人に駆け寄り、申し出ると、

「いいですか？　ありがとうございます」

と、女性も男性もにこやかな表情で頭を下げた。

父親が赤ちゃんを抱き、母親が父親の背中に腕を回す。

幸せそうな家族の光景。渡されたスマホの画面にその姿をおさめながら、わたしもこの場所でこんなふうに誰かに写真を撮ってもらったんだ、と小さいころの家族写真を思い起こした。

何度も礼を言って家族連れが立ち去ると、ベンチに戻り、シュークリームの箱を膝《ひざ》に載せた。

「あれは妊娠三か月ころだったかしら」

ママの言葉が思い出された。

「胃がムカムカして食欲がなくて、炊きたての白いご飯なんか匂いをかいだだけで吐きそうになっていた時期があったんだけど、あるとき急にシュークリームが食べたくなってね。前にパパが職場で顧客にもらったと言って、持ち帰ってきた『マサムラ』のシュークリーム。ひと口で食べられそうなくらい小さいの。あの味を思い出したら、どうしてもそれを食べたくて、パパに『買ってきて』ってお願いしたのよ。パパは、自転車を走らせて急いで買ってきてくれた。箱いっぱいにぎっしり詰まったミニサイズのシュークリーム。両手につかんで、夢中で頬張ったわ。いくつ食べたのか、いま思うと恐ろしいけど。でも、気がすむまで食べたら、胃のムカムカもなくなって、気分がすっきりして……。不思議よね。あれも一種のつわりだったのかしら。妊娠すると、食べ物の好みが変わったり、偏食になったりすることもあるっていうから」

ママは懐かしそうに語ったあと、いたずらっぽい目をして娘のわたしを見ると、こう言葉を重ねたのだった。

「あれは、ママじゃなくて、お腹の中にいたあなたが欲していたのよ。未央が生まれてからは母乳で育てて、離乳食が始まってからは様子を見ていたのだけど、一歳半を過ぎたころにシュークリームも食べさせてみたわ。未央ったら、マサムラのシュークリームには目がなくてね。口に入れてあげると、『もっとよこせっ』って手を伸ばして催促するの。食べすぎると困るから、ミニサイズのベビーシューにしたのよ」

リュックから持参したペットボトルを取り出し、水で口の中を清めたあと箱を開けた。

直径五センチくらいの大きさだろうか。ふっくらと膨らんだシュー皮を押しつぶさないように、そっとやさしく指先でつまむ。繊細な絹衣のような感触だ。ひと口かじると、白い粉砂糖をまぶした柔らかい皮を破って、中からクリームがじゅわっとあふれ出た。口いっぱいに甘みが広がる。カスタードクリームと生クリームが絶妙な割合でブレンドされている。

おいしい。間違いなく、おいしい。ひたすら、おいしい。

しかし……。

奇跡は起こらなかった。フランスの作家マルセル・プルーストが著した『失われた時を求めて』のような奇跡は。

幼いころの記憶は、かけらもよみがえってはこない。

「それはそうだよね」

わたしは、自嘲《じちょう》ぎみにひとりごとを吐いた。

『失われた時を求めて』に登場する少年は、紅茶に浸したマドレーヌを口にした途端、昔の記憶を鮮やかに脳裏によみがえらせる。昔、祖母の家に遊びに行ったとき、少年の叔母《おば》が同じように紅茶に浸したマドレーヌを食べさせてくれたのだった。そのときの光景とともに、田舎で過ごした日々の情景が細部まで克明に脳裏に浮かび上がる。人間の味覚と嗅覚《きゅうかく》が、記憶と深い結びつきがあることを読者に訴えた超大作である。

美大時代にフランス語を少しかじり、第一部「スワン家の方へ」の最初だけ原書で読んで挫折《ざせつ》したわたしだけど、その有名なフレーズだけはフランス語で暗記していた。

――味覚と嗅覚に記憶が呼び覚まされる現象。

それが起こるのを期待した「実験」だったが、所詮《しょせん》、無理なのだとわたしは悟った。小説の少年は、成長過程で膨大な知識や情報が脳に流れ込み、もともと記憶にあった体験を一時的に忘れていたにすぎない。それが、「実験」によって、畳まれた記憶の襞《ひだ》から引き出された。けれども、わたしは当時、三歳にも満たない幼児で、幼少期に体験した記憶などはなから備わっていないのである。

リュックを背負い、シュークリームが二つ残った箱を持つと、次の目的地へ向かうために、わたしは立ち上がった。

4

三歳の誕生日の直前まで住んでいたのは、JR大糸線《おおいと》の北松本《きたまつもと》駅の近くだった。パパの転勤に際して、会社が中古の戸建てを用意してくれたという。

母子手帳に記入されていたので、当時の住所はわかった。だが、あのころと住居表示が変わってしまったのか、近くまで行っても同じ住所にはなかなかたどり着けない。

北松本の駅舎自体もかなり新しいものらしい。ママが「木造の古い駅舎って感じだったわ」と話していたのを覚えている。松本駅周辺とは違って、集合住宅や戸建ての住宅街が広がり、目につく店の数は少ない。

踏切を渡って、東口へと向かう。建て替えられた駅舎は、黒い屋根に白い外壁で、橋上化されている。出口が二つあり、北アルプスの山々に面した東側が「アルプス口」で、その反対側は「お城口」と命名されている。住んでいたのは、踏切の西側だったはずだ。

線路の西側へと戻り、線路沿いを北へ向かって歩いた。ふたたび母子手帳にある住居表示を探しながら歩いていると、南仏のお城のようなレンガ色の屋根のオレンジ色の建物が見えてきた。十字架が立つ塔も奥に見えるから、教会が併設された結婚式場なのだろう。庭園も含めてかなり広い敷地を有している。

近くの駐車場の横にアパートが建っていて、その隣は名前のわからない常緑樹の生垣を巡らせた一戸建てである。門の前を箒《ほうき》で掃いている女性を見つけて、思いきって声をかけてみた。

「すみません、ちょっとお尋ねしますが、この住所はどの辺でしょうか」

母子手帳からメモ用紙に書き写しておいた住所を示すと、

「ああ、そのあたりは駐車場になったり、アパートに建て替えられたりしたと聞いていますよ」

と、五十代くらいの女性が首をかしげながら答えた。

「三十年くらい前にこのあたりに住んでいたので、懐かしくなって観光がてら足を延ばしてみたんです。この辺に、上田《うえだ》さんというお宅はないですか？」

少し迷ったが、その名前を出してみた。

「上田さん？　さあ、わかりませんね。すみません、わたしも十年くらい前にこちらに引っ越してきたもので」

手間を取らせた礼を言って、わたしは線路沿いの道へ引き返した。

線路脇のフェンスの前に立ち、あたりを見回した。左手の少し先に、線路を長い橋がまたいだ北松本の駅舎が見える。屋根の形は松本城を模しているのか、三層に重なっている。

警報機が鳴り始めて、踏切の遮断機が下がる。二両編成の電車が北から走ってきて、踏切を通過し、北松本駅でとまる。しばらく停車したのちに、松本駅方面へと動き出す。松本駅から新潟県の糸魚川《いといがわ》駅に至るJR大糸線である。南小谷《みなみおたり》駅まではJR東日本の管轄で、その先はJR西日本の管轄ということは、調べてはじめて知った。

一連の流れを見送って、わたしは目をつぶった。まぶたの奥に二人の幼児の姿が現れる。一人は女の子で、もう一人は男の子。女の子はわたしで、男の子は上田昇《のぼる》くん。二人とも母親に見守られて、線路を走る電車に向かって盛んに手を振っている。

「ママに産院を紹介してくれたのも、昇くんのママだったの。昇くんママも妊娠していてね、出産予定日もほとんど一緒だったの。近所に住んでいたことで仲よくなって、家を行き来してお茶したり、近くまで一緒に散歩したりしていたわ。昇くんのほうが未央より三日早く生まれたけど、成長の度合いはほぼ同じだったでしょう？　だから、いい相談相手だった。ある程度子供が大きくなるまでは家にいたい。そういう考え方も一緒でね。だから、誘い合って児童館へ連れていったり、空き地の花を摘んだりしたわ。昇くんは電車が好きでね、電車が見えると必ず手を振るの。小さな手をいつまでも。四人で北松本から電車に乗って松本まで行ったり、また松本から乗って北松本まで帰ったり、無駄なような贅沢《ぜいたく》なような楽しい時間を過ごしたわ。いま思えば、子供と一緒だったからできたことかもしれない」

昇くん親子と親密な交流があったという。

リュックのポケットから写真を取り出して、まわりの景色と比べてみる。

——そう、このあたりだ。

集合住宅や新築の家ができたりして当時と景観は変わっていても、皮膚感覚でわかった。

電車を背景に、ほぼ同じ背丈の二人の子供が並んでいる。短く切り揃えた前髪の男の子は、ちょっとはにかんでいる。三つ編みお下げの女の子は、おしゃまな感じで首を傾けている。どこの公園なのか、満開の桜を背景に親子二組で撮った写真もある。目がぱっちりで派手顔のママとは対照的に、昇くんママは細面で日本的な顔立ちだ。

箱から二つ目のシュークリームを取り出して、口に入れた。シュー皮は柔らかいけれど歯ごたえがしっかりあり、滑らかなクリームのほどよい甘みがいつまでも舌に残る。やはり、おいしい。間違いなく、おいしい。時間がたっても、おいしい。

けれども……思い出はよみがえらない。

だが、もはや奇跡を期待せずともよい。そう思った。ただ、この光景の中で、この空気の中で、マサムラのシュークリームを食べる。それだけで充分だ。

5

「松本でおいしかったのは、やっぱり、信州だけあってそばかな」

暮れに赴任先から自宅に帰ったパパが、年越しそばを食べながらそう言ったのを覚えている。

「どこのおそばが一番おいしかった？」

そう聞いたわたしに、パパはニコニコしながら答えた。

「ガイドブックに載るような名店でも食べたけど、一番うまかったのは、駅のそばのそばだな。立ち食いの駅そばって意味じゃなくて、駅の近くですぐ食べられるそばが一番うまかった。仕事の合間のわずかな時間に、駆け込んで一杯食べたこともあったな」

その言葉が頭にあったから、松本駅で降りてロータリーの左を見たときに目に飛び込んできた「信州そば」の暖簾《のれん》が気になっていた。

北松本から松本駅前まで歩いて戻り、迷わずその「イイダヤ軒」という店名のそば屋に入った。カウンターだけの店で、入り口で食券を買うようになっている。中途半端な時間帯でも客は三人入っていた。

今日は、新宿駅で買ったサンドイッチを車内でブランチとして食べたあと、小さなシュークリームを二つ食べたきりである。市内を歩き回っただけにお腹がすいていた。かけそばにかき揚げをつけてもらうと、ほどなく出てきたかき揚げは予想以上に大きなサイズだった。

そばつゆは真っ黒で、出汁《だし》の香りのよさが食欲をそそる。かき揚げに刻んだ長ネギをたっぷり載せる。長ネギがかけ放題というのにも驚く。

そばは太目で、こしがしっかりとあった。つゆをたっぷり吸ったかき揚げの衣が口の中で膨らむ。だが、衣の中の具のさくさくとした食感は損なわれていない。黒々としたつゆも思ったほどしょっぱくなく、甘みと塩味がちょうどよい具合いに調えられている。

ここの信州そばも、間違いなくおいしい。パパの一推しなのも納得の一杯だ。

短い時間でかけそばを食べ終えると、駅へ向かった。

アルプス口へと延びるガラス張りの展望通路に、もう一度立ってみる。残念ながら、夕方からわいてきた雲が北アルプスの峰々を覆ってしまっている。

待合室のあいた椅子に座って足の疲れをとってから、改札口を通って、正面の売店で地ビールをひと瓶買った。松本ブルワリーのペールエール。

特急あずさ46号は、南小谷駅が始発で、南小谷から新宿まで走る列車は、一日のうちでこれ一本だという。

ホームで列車が入線するのを待つ。

やがて、黒いフルフェイスのヘルメットをかぶったような前面がシャープなラインの列車が、定刻どおりにホームに滑り込んできた。車体は白で上部に紫色のラインが入っている。入線すると、「まつもと〜まつもと〜」と、独特の抑揚の女声のアナウンスが流れた。

6号車の普通車に乗り込む。

座席に着いて、ゆったりしたサイズの椅子を少しだけリクライニングさせた。テーブルを引き出し、買ったばかりのクラフトビールを載せる。

列車が発車する。

特急あずさ46号の停車駅の説明に続いて、車内で特急券を購入した場合の対応や化粧室の場所、携帯電話の使用についてなどの説明が、中年男性の落ち着いた声で流れる。

それを聞きながら、心地よい揺れに身を任せていると、喉《のど》の渇きを覚えた。かけそばを食べたあとだからだろう。

リュックから栓抜きを取り出した。パリで自分へのみやげに買ったキイホルダータイプの栓抜きだ。

――旅に出るのに栓抜きを持ち歩く女なんている？

手にした栓抜きを見ながら、いるよ、ここに、と自分に突っ込んで苦笑した。

松本ブルワリーのペールエールは、爽《さわ》やかなほろ苦さが特徴の味わいだった。水がおいしいから、その土地の水で造るビールもおいしいのかもしれない。

ビールに合わせて、三つ目のシュークリームを食する。

――シュークリームをつまみにビールを飲む女なんている？

いるよ、ここに、とふたたび自身に突っ込みを入れて苦笑する。

ビールのつまみとしても、マサムラのシュークリームは、間違いなくおいしかった。

「未央と昇くん、いつもは手作りのクッキーをおやつにしていたけど、たまにマサムラのベビーシューを買ってくることもあったのよ。未央の大好物で、一つ食べさせると二つ目を要求するのが普通だったのに、あのときはなぜか違ったのね」

生前のママの言葉が想起される。

「昇くんが機嫌を損ねて駄々をこねていたとき。買ってほしかった電車のオモチャを、買ってもらえなかったときだったかしら。未央が自分の食べかけのベビーシューを、『はい』って昇くんに差し出したの。あれには驚いたわ。食いしん坊の未央が自分のシュークリームを誰かにあげるなんて。それで、パパが会社から夜遅く帰ったとき、その話をしたの。『あれって、未央の初恋じゃないかしら』ってパパに言ったら、パパはまじめな顔で『そんなことはない。単なる条件反射だ』って、ムキになって言い返すの。おかしいでしょう? パパ、昇くんに嫉妬《しっと》したのかしら。それで、『あの子もいつかはお嫁に行くんだから』ってたしなめたの。パパは何て言ったと思う? 『未央は嫁にはやらん』って」

「まだ嫁には行ってませんよ」

わたしはママの言葉を思い出しながら、もうこの世にはいないパパを安心させてあげた。

　ママの話はまだ続きがある。

「親しくしていたから別れるときはつらくてね。昇くんママと抱き合って泣いたわ。だけど、三歳にもなっていなかったあなたたちは、明日《あした》も会えるものと思っていたんでしょうね。二人とも『バイバイ』って、いつものように手を振っただけ。東京に引っ越してからも、昇くんママとは手紙のやり取りをしていたのよ。何げない日々のできごとを記したりしてね。それが、未央が小学校に入った年に、宛先不明で手紙が戻ってきちゃったの。それきりいまのいままで連絡がなくて。昇くんと昇くんママ。どうしているかな、ってときどき懐かしく思い出すわ。不思議と昇くんパパの印象は薄くてね。出張や夜勤が多い仕事をしていたせいか、二、三度会ったことがある程度なの。口数が少なくて、やさしそうな人だったけど」

　――そう、昇くん。上田昇くん。いまはどうしているのかしら。

　幼い二人が並ぶ写真を見ながら、成長して自分と同じ年齢になった昇くんのいまの顔を想像してみた。まじめそうな顔になっているのは間違いない。わけもなくそう思えた。

　新宿に着くころには夜になっているだろう。車窓から後方に飛び去っていく信州の景色をぼんやり眺めているうちに、早くも眠気に襲われた。

「この列車は、特急あずさ46号です……座席はすべて指定席です……ご案内は、甲府《こうふ》統括センターの小林《こばやし》です……」

さっきの声とは違う男性の声で流れてきた車内放送を、わたしはまどろみながら聞いていた。

6

松本駅を出発して最初の停車駅である塩尻《しおじり》駅でドアの開閉を確認し終えると、彼は安堵《あんど》のため息をついた。何度やっても「ドア扱い」の作業は緊張する。

特急あずさ46号は、南小谷駅が始発で、松本駅で車掌が交代する。点呼確認を済ませたあと松本駅から乗り込んだ彼は、数度肩を回して、身体をほぐしてから乗務員室を出た。

四年前に自由席券と回数券が廃止され、全席指定席になったことで車内検札の手間は省かれた。けれども、合理化が進んだ結果、乗車する車掌の数も減らされて、現在は基本的に一名ですべての仕事を担っている。責任は重く肩にのしかかってくる。

録音されたアナウンスを流したり、自分の肉声で適時にアナウンスしたり、発車ベルを扱ったりするほか、水回りや空調の確認をしたり、不審物のチェックをしたりなどの巡回も大切な車掌の仕事である。

大学の工学部を出て就職したのは、住宅設備機器メーカーだった。営業部門で台所の機器を担当し、仕事を楽しいと感じることもあれば、つらいと感じることもあった。無遅刻無欠勤で、きまじめな性格もあって、上司の受けはよかった。

ずっとこの会社にいてもいいか、と思い始めたころ、あの募集要項を目にしてしまった。JR東日本で乗務員を募集しているという。中途採用も可とあって、このチャンスを逃したら、一生電車にかかわる仕事はできないと思った。

小さいころから電車は大好きだった。就職してからも、趣味として電車に関連するものをこよなく愛した。鉄道車両、駅舎、時刻表、路線図、切符。好きな列車が出てくる映画を観たり、小説や旅行記を読んだりして、自分なりに知識や教養を身につけた。

最後のチャンスだと背水の陣を敷いて会社を辞め、採用試験に臨んだ。二十八歳のときである。幸運にも採用試験に合格し、八王子《はちおうじ》支社の甲府運輸区に配属された。飯《い》田《だ》の実家を出て、いまは八王子市内のアパートに住んでいる。この春、甲府運輸区と甲府営業統括センターが統合されて、職場の名称は「甲府統括センター」に変わった。

8号車のトイレの点検を終えてデッキに戻ると、床に空のペットボトルが落ちていた。ゴミを拾うのも車掌の仕事である。拾ってくずもの入れに捨てる。そして、床や壁に異変がないかどうかも目視でチェックした。壁を鋭利なもので傷つけられたりすることもあるからだ。刃物の車内への持ち込みは禁じられているが、隠し持っている人間もいないとはいえない。

ふと、母が「未央ちゃん」と呼んでいたあの子はどうしているだろう、と思った。

先日、たまたま図書館で目にした美術雑誌に「鷺沢未央」の名前を見つけたのだった。N展の洋画部門で新人賞を受賞したという。紹介されていた作品は、いわゆる抽象画と称される部類に属するのだろうか、歪《ゆが》んだ人間の形にも見える像がいくつも重なり合い、遠く海へと吸い込まれていくような構図で、赤や青や黄など鮮やかな原色を基調に彩られている、彼には意味がよく理解できない作品だった。作品のタイトルは、「記憶の波濤《はとう》」。

デッキの滑らかな壁面から油絵のカンバスを連想して、不意に鷺沢未央のことが思い出されたのかもしれない。

経歴に「長野県松本市生まれ」とあったから、同姓同名の別人ではなく、鷺沢未央本人に間違いないだろう。生年も彼と同じだった。

未央ちゃん——鷺沢未央のことは、彼が高校生のときに亡くなった母から聞かされていた。

「あなたとは幼なじみで、よく一緒に遊んだのよ。線路の近くまで連れていくと、電車に向かって二人で一生懸命手を振っていたものよ」と。二人で撮った写真も、二組の母子で撮った写真も見せてもらった。

しかし、三歳になる前に、彼女は父親の転勤に伴って東京へ行ってしまった。その後も、母と鷺沢未央の母親とは手紙のやり取りをしていたという。手紙の中に、「未央は絵を描くのが好きで、将来は画家になりたいと言っています」と書いてあったとも話してくれた。

そうした文通も、彼が小学校に入ったころまでだった。父の離職が原因で両親が離婚し、彼を引き取った母は、実家のある飯田市に引っ越した。そこで、鷺沢未央の母親との交流は途絶えた。彼の母が転居先を知らせなかったせいだ。

両親の離婚によって、彼の姓は「上田」から母の旧姓である「小林」に変わった。母が亡くなってからは、祖母と叔母《おば》と三人で住んでいたが、祖母も昨年他界した。

電車にかかわる仕事に就きたい。いちおうその夢を彼は叶《かな》えた。

絵を描くのが好きだったという鷺沢未央も、本業はデザイナーとあるけれど、描いた絵をこうして高く評価されている。夢を叶えたと言ってもいいのではないか。

「人生は列車による長い旅みたいなもの。ステージごとにホームに降りて、またやってきた列車に乗って次のステージへ向かう。旅の途中で出会う人は、まさに一期一会。

貴重で希少な出会いを大切にすべきである」

作者は誰だったか忘れたが、旅行記に書かれていた文章を思い出す。

――鷺沢未央に会ってみたい。

記憶にもない幼いころの自分と、その自分とよく遊んでいたという彼女のこともまたたまらなく愛《いとお》しくなって、彼は目を潤ませた。

当時住んでいた家は、二軒ともいまはもうない。

彼――小林昇は、8号車、7号車と進んで、6号車の扉の前に立った。

夕日と奥さんのお話

柴田よしき

柴田よしき（しばた・よしき）
東京都生まれ。一九九五年『ＲＩＫＯ―女神《ヴィーナス》の永遠―』で第十五回横溝正史賞を受賞。以後伝奇小説、本格推理小説、時代小説など、幅広い作品を発表している。主な著書に『激流』『聖なる黒夜』『自滅』『ねこまち日々便り』、「ＲＩＫＯ」シリーズ、「お勝手のあん」シリーズ、「高原カフェ日誌《ダイアリー》」シリーズなど。

1

傷心旅行のつもりはなかった。

離婚という作業があまりにも大変で、とてつもなく面倒で、体力も精神力も使い果したことは事実だけれど、それで「傷心」なのかどうなのか、自分でもよくわからない。もちろん、心の痛みがまったくないわけではない。二十七年という歳月は、そんなに短いものではないだろう。二十一歳で結婚して、私ももうすぐ四十八歳になる。

結婚が早過ぎた、と後悔したことは何度もあった。けれど今風に言えば「授かり婚」、あの頃の言い方なら「できちゃった婚」だったので、結婚しない、という選択の方が無謀だった。

当時、私は大学三年生。社会学部で貧困問題について学んでいて、卒業したら福祉関係の職に就きたいと思っていた。それなりに志もあったし、将来のビジョンも持っていたつもりだった。が、妊娠していると判った途端、私の目の前に突きつけられたのは二択だけ。産むか堕《お》ろすか。

一人ではどうにも決められず、お腹の子の父親に妊娠を打ち明けた。その時、彼が堕ろして欲しいと言っていたなら、私は堕胎を選んでいたかもしれない。そんなこと、娘には絶対に言えないけれど。中絶して、そして女子大学生に戻り、卒業して、思い描いていた人生をそのまま歩いていたかもしれなかった。正直に言えば、半ばそうしようと思ってもいた。

なのに、彼は言ったのだ。そうか、だったら結婚しよう。

だったら結婚。妊娠したのだから結婚する。あまりにもまっとうで当たり前で、ほとんど予想もしていない言葉だったので、驚いた拍子にうなずいてしまった。

あれから二十七年だ。瞬く間に過ぎてしまった二十七年。

わたしは大学を辞め、専業主婦になった。

何もかも平凡で安定していて波乱もドラマもなく、気がついたら娘のベビーカーを押して公園に通い、評判のいい幼稚園を探し回り、ママ友とファミレスでランチをし、娘の入学式にピンク色のスーツを買っていた。運動会、学芸会、授業参観。保護者会。地域のこども会。娘の習い事の付き添い。中学受験の準備。大学までエスカレーターに乗れる中学にようやっと娘を押し込んで、ばか高い授業料の支払いの為にパートにも出た。夫はそれなりに出世してそれなりに昇給もしたけれど、所詮《しょせん》サラリーマンの域を出るほどの高収入でもなく、趣味は週末のゴルフだけ。せめて夫と同じ趣味を持とうかしらとゴルフの練習をしてみたけれど、夫は仕事仲間とゴルフをする方が楽しいようで、あまり誘ってもくれなかったので、なんとなくクラブを握らなくなってそれっきり。楽しみと言えば、娘の成長だけだったかもしれない。そうは思いたくないけれど。

その娘は、大学を出ると留学すると宣言し、語学学校から地道に努力してなんとかアメリカの大学に入学し、今でも向こうにいる。卒業後も現地で就職が決まっているらしい。スカイプだのＺｏｏｍだのとまめに連絡はくれるけれど、親の離婚騒動が勃《ぼっ》発《ぱつ》しても帰国してくれるわけではなく、離婚がおおかた決まってからも実に淡々とそれを受け入れてしまった。彼女にとってはもう、親が離婚しようがどうしようが、たいした問題ではないのだ。

それは親にとって、喜ぶべきことなのかもしれない。子供が経済的にも精神的にも親から独立し、自立しているということなのだから。

なのに、どこか割り切れない気持ちが胸にあって、もやもやとしてしまうのは、私のわがままなのだろうか。

自分の人生を娘を育てることに費やしたのに、という思い。育ってしまった娘に必要とされなくなった現実。

それにしたって、離婚などという面倒なことさえなければ、娘が自立したことにここまで胸がもやつくことはなかっただろう。

そうよ。離婚したいなんて言い出したあの人が、全部悪いのよ。


行き先を石垣島《いしがきじま》にした理由は二つあった。

一つには、昔から憧《あこが》れていた島であったこと。沖縄本島《おきなわほんとう》へは娘が小学生だった頃に一度、家族旅行したことがあったけれど、八重山諸島《やえやましょとう》までは足を延ばせなかった。海の美しさだけなら沖縄本島でも充分に堪能《たんのう》できたけれど、石垣島に行ってみたい、という思いはずっと胸に残ったままだった。

そして二つ目。その、憧れていた石垣島に、夫は行ったことがある、という事実。それも結婚前のことではなく、結婚してからのことだった。学生時代の親友が石垣島に移住し、結婚した。その結婚式と披露宴に呼ばれたのだ。招待されたよ、と夫が報告して来た時に、おまえも一緒に行かないか？　と誘ってくれるかと期待したのだが、夫は誘ってくれなかった。もちろん、仕方のないことだと納得はした。当時、娘は高校三年生で、内部進学の学部選考試験を控えていた。そんな娘に学校を休ませることはできなかったし、娘の面倒をみてくれる親も知人も近くにはいない。無理をすればおそらく行けただろう。娘はむしろ、両親が留守にすることを喜んだかもしれない。

三、四日留守にしたところで、もともと真面目な子だし、特に問題は起きなかっただろう。今時、コンビニに行けば食べるものに困ることもない。けれど、勇気がなかった。将来が決まる大事な試験を控えた娘を一人家に残して夫と石垣島旅行だなんて。夫もまた、同じように思っていたに違いない。おまえも一緒に、という言葉は最後まで出ることもなく、夫は一人で有休をとって石垣島に行ってしまった。

ただその時は、さほど残念とも思わなかった。そのうちに家族で旅行できるだろうと思っていたから。が、機会は二度と来なかった。大学に進学した娘はもう、親と旅行したいとは言わなかった。それはそうだ。旅行に行くなら大学の友達と一緒の方が楽しいに決まっている。ならば夫婦二人で、と、パンフレットを眺めたことはあった。が、なぜか旅行費用が無駄遣いに思えるようになってしまった。中学から私立に通わせた娘の教育費はばかにならない額で、マンションのローンも残っている。老後のことを意識し始めると、貯金が一円でも減るのは不安だった。

それでも心の片隅にはいつも、石垣島、という場所があった。いつか、娘の教育費がかからなくなったら。いつか、夫が定年退職したら。いつか、いつか、いつか行きたい、石垣島。

飛行機が降下し始めてから、わたしは窓に顔をつけるようにして外を見つめ続けていた。現地天候は晴れ予想。羽田《はねだ》を出てから気づくと雲の上にいて、あとはずっと雲の絨毯《じゅうたん》だけが太陽の光に輝いていた景色が、いつの間にか雲が薄くなり、眼下に海が見えるようになっていた。その海がゆっくりと近づいて来る。

ポン、という音でランプが点《つ》いて、座席のリクライニングを元に戻してください、ここから先は席を立たないでください、シートベルトをもう一度確かめてください、と注意事項がアナウンスされた。

胸がどきどきする。

急に景色がめまぐるしく動き出した。海の中に島の一部が見えて来る。島が近づく。畑？　森？　あれはなにかしら。

と思う間もなく、車輪が機体から出る音が聞こえた。滑走路だ。

ゴゴ、ゴン、と小さな衝撃があって、機体は無事に着陸した。

わたしは、ついに念願の石垣島にやって来た。

2

思っていたほど暑くは感じなかった。季節は秋、もう十月も後半だから当然か。けれどまだ、その気になれば泳げるとネットに書いてあった。その気には多分ならないだろうから、水着は持って来なかったけれど。

南ぬ島石垣《いしがき》空港。ぱいぬしま、と読む。八重山の言葉で、ぱいぬ、は、南の、という意味。

ガイドブックは何日も前から熟読していた。たった二泊三日なので、石垣島のどこに行ってなにを見るかは慎重に選んで計画を立てた。絶対に外せないのは竹富島《たけとみじま》観光。明日は一日、竹富島で過ごす。問題は今日これからと、最終日。帰りの飛行機は夕刻十九時台なので、観光にしても買い物にしても時間的余裕はたっぷりある。最後の一日は、ショッピングモールでぶらぶら過ごすのがいいかもしれない。

南ぬ島石垣空港は、まだ開港して十年程度の空港である。当然、建物は皆、まだ新しくて綺麗《きれい》だ。この空港が開港する前の石垣空港は、とてもこぢんまりとした空港だったらしい。その頃に旅行したことのある人から、飛行機を降りて空港の建物まで歩いたという話も聞いた。だがその、昔の空港は石垣港離島ターミナルや繁華街に近い便利な場所にあったらしい。新しい石垣空港は、その美しい珊瑚礁《さんごしょう》で知られる白保《しらほ》海岸からほど近いところにあるのだが、離島ターミナルまではタクシーでも二～三十分、金額にして三千円ほどかかってしまう。直行の空港バスならば三十分程度で五百円。石垣市の街並みを楽しむなら路線バスを使う方法もあるが、料金が数十円ほど余分にかかる上に四十分以上を要する、とガイドブックにある。

竹富島観光には離島ターミナルを利用することになるので、宿は離島ターミナルから歩いて行けるところで探した。チェックインは午後二時からだが、荷物は預かってもらえると確認してある。

できるだけ荷物を少なくしようと工夫して詰めたので、機内持ち込みできるサイズの小さなキャリーバッグ一つと、貴重品を入れたポシェットだけ。預けた荷物を引き取る手間がかからなかったので、飛行機の到着から三十分後には空港を出ることができた。離島ターミナルに直行するバスの乗り場もすぐにわかった。

羽田からの飛行機が着いて間もないので、バスは混んでいた。それでもなんとか、通路側に空席を見つけて座ろうとすると、背後から声がかかった。

「あの、よかったら窓際にお座りになりませんか」

振り返ると、自分より年下、三十代後半ぐらいに見える女性が座席の前に立っていた。

「ここ、二席空いているんですけど、私は通路側でいいので」

「え、よろしいんですか？」

「ええ、よかったらどうぞ」

座ろうとした席の隣り、窓際にいたのは若い男性だった。バスの座席は決して広くはないので、隣りが女性の方が気が楽だ。

わたしは男性に会釈すると、誘ってくれた女性に感謝しつつ、奥の窓際に座った。

「すみません、なんかお言葉に甘えてしまって」

「いいえ、とんでもない。私の方こそ助かります。実は私、窓際の席が少し苦手で」

「あら、どうしてでしょう」

「ええ……子供の頃から、片側が空いていないと落ち着かないんです。窮屈なのが苦手というのもあるんですけど……両脇を塞《ふさ》がれてしまうと、息苦しくなってしまって。でも私が先に通路側に座ったのでは、後から来た方が奥に入りづらいでしょう？　それに……」

女性は声をひくめた。

「やっぱり、女性がお隣りの方が気が楽で」

「ええ、確かに」

わたしは思わず、深くうなずいた。世の男性諸氏にはまことに申し訳がないのだが、おそらく多くの女性は同じような感覚を持っているだろうと思う。男が嫌いなわけでも怖いわけでもないけれど、そして特に自意識が過剰というわけでもないけれど、体が接触する可能性があるくらいの至近距離に知らない男性がいる、というのは、落ち着かないし、妙な緊張感を覚えてしまうのだ。バスでも飛行機でも、隣席が女性だと心からほっとする。

「お一人ですか」

女性に訊《き》かれて、わたしはうなずいた。

「はい、一人旅です」

「石垣島は何度か？」

「いえ、初めてなんです」

「そうですか。それは楽しみですね。とてもいいところですよ、石垣島」

「あの、もう何度かいらしているんですか？」

「いえ、今はこの島で暮らしています。もともとは東京に住んでいたんですけど……」

移住組か。沖縄や石垣島に旅行で来て気に入って、移住してしまう若者がたくさんいるという話は聞いたことがあった。

「わたしは一人旅自体、初めてなんですよ」

わたしが言うと、女性は少し目を見開いた。

「最初の一人旅に南の島を選ばれたんですね」

「無謀だったかしら」

「いいえ、そんなことないですよ。石垣島は観光客にフレンドリーですし、基本的には安全なところです。一人でも充分楽しめると思いますよ」

いつの間にかバスは発車し、空港から遠ざかっていた。

「急いでホテルに行ってもチェックインできないから、荷物だけホテルに預けようと思っているんです。ちょっと時間が半端だわ」

スマホの時間表示では、やっと午前十一時を過ぎたところだった。

「荷物を預けたらランチかな」

「午後はご予定があるんですか？」

わたしは首を横に振った。

「今日は特に決めていないんです。明日は一日、竹富島で過ごそうかと思っているんですけど」

「竹富島はいいですね。向こうの港に着いたら、レンタサイクルと牛車観光の業者が複数来ていますから、そのどれかに声をかければ島の中心部の待合所まで無料で送ってくれます。その業者の牛車に乗るか、自転車を借りるかすることになりますけど、帰りもそこから港まで送ってもらえますよ。こちらではレンタカーを予約してらっしゃいますか。予約がなくても借りられるレンタカー屋さんもありますけど」

「わたし、ペーパードライバーなんです。やっぱり車がないと不便ですか？」

「目的地がはっきり決まっているなら、路線バスでたいていのところには行かれますし、観光タクシーもありますよ。時間貸切の観光タクシーで効率よく観光名所を回ってもらうこともできますね」

それは確かに効率がいいだろうが、予算的に一人旅には贅沢《ぜいたく》だった。

「ホテルはどちらですか」

わたしが予約しているホテルの名を告げると、彼女は笑顔で言った。

「それなら、町歩きされるといいですよ。あたり一帯、石垣島でいちばん賑《にぎ》やかなところです。歩いて十分くらいでユーグレナモールもあります。アーケード街になっていて、いろいろ面白いお店が並んでます」

買い物は最終日に、と思っていたので、あまり気乗りがしない。わたしの顔色を読んだのか、女性は少し考えるような仕草を見せてから、遠慮がちに言った。

「あの……もし良かったら、私の車で川平湾《かびらわん》にでもドライブに行きませんか？」

「えっ、あの」

「今日はわたし、東京から戻るだけで他に予定入ってないんです。ただ一度家に帰って着替えたいので、そうですね、ホテルに午後一時くらいでしたらお迎えにあがれます」

「でもそれじゃ、申し訳ないです」

「お気になさらないでください。わたし、こういう仕事をしています」

月刊とらべる専属ライター
酒井恵美

「月刊とらべる……わたし、石垣島の特集号、持って来てます！　それじゃ、あの特集も」

「全体の三分の一くらいは書きました」

酒井恵美《さかいえみ》は、自慢するでもなくさらりと言った。

「専属って書いてありますけど、一応フリーライターなんです。学生時代にこの島に来てすっかり魅せられてしまって、就職してからも少しお金が貯まると有休を全部つかってここに来るみたいな暮らしをしていたんですけど、そんなんですから五年ほど会社勤めしても貯金はゼロ、出世の見込みもなくて。もういっそ、大好きなこの島で暮らしてみよう、って、七年前に移住してしまいました。居酒屋でアルバイトしながら、ブログを作ってそこで石垣島について好き勝手に書いていたら、それが運よく月刊とらべるさんの目にとまって、現地ライターとして定期的に仕事をさせてもらえることになったんです。まあでも月刊とらべるさんの仕事だけでは生活できないので、今はあちこちの雑誌やネットサイトから頼まれるたびに、石垣島や他の八重山諸島についで書いたものを送っています。それでも生活はギリギリで、貯金なし出世の見込みなしなのは会社員時代と同じなんですけどね」

酒井恵美は、小さな声で楽しそうに笑った。

「実は冬の号で一人旅の特集をするんです。海で泳ぐことがメインの夏の石垣島はファミリーの観光客が多いんですが、海で泳げなくなると一人旅の人が増えるんです。なんだか厚かましいんですが、一人旅の方にいろいろ取材させていただきたくて。今日これから、車で川平湾までご一緒できたら、わたしも嬉《うれ》しいんです」

そういうことか。つまりギブアンドテイク。だったらそんなに遠慮することもない。

もちろん名刺一枚でこの女性を信用していいのか、という問題はある。もしかすると何か売りつけるとか、バックマージンがもらえる土産物屋に連れて行かれるとか、そういうことがあるかもしれない。だが、わたしは大胆な気分になっていた。せっかく一人旅に出たのだから、ほんの少しリスキーな冒険もしてみたい。

「ごめんなさい、わたし、専業主婦だったもので名刺とか持っていなくて。あの、LINE交換していただけたら、その、わたしの名前とか」

「ああ、はい、いいですよ」

酒井恵美は気さくにスマホを取り出した。

わたしは早速、酒井恵美にあてて、自分の名前を書き送った。彼女はそれをちらっと見た。

「上野《うえの》さん、ですね？」

「はい、秋葉原《あきはばら》の次の次です」

恵美はまた、楽しそうに笑う。気持ちのいい笑い方をする人だ。

「良かったら、わたしのことは恵美と呼んでください」

「あ、はい。ではわたしも……加奈《かな》と呼んでいただければ」

名前で呼ばれる方がしっくり来るし、もしかすると早晩、上野から旧姓の高橋《たかはし》に戻るかもしれない。

「お泊まりになるホテルのすぐ近くに、石垣牛のハンバーガー屋さんがあります。荷物を預けたらそこでランチするのもいいと思います。石垣牛ってとってもお高いんですよ。ステーキとか焼肉で食べようと思ったら、お財布にあまり優しくないんです。ハンバーガーも安いわけじゃないんですけど、石垣牛が手軽に食べられるという意味ではいいと思います。お昼からお肉は重いようでしたら、八重山そばのお店もありますけど。あ、ごめんなさい、おせっかいですよね」

「いいえ、情報をいただけて助かります」

「どうしても、石垣島紹介モードになってしまうんですよねえ。ブログにコメントをくださる皆さんの質問に答える感じになっちゃって」

「本当にこの島がお好きなんですね」

「そうですね、好きです。もちろん、ここにはここの困った部分もたくさんあるんですけど」

「でも本当にお言葉に甘えてよろしいんでしょうか。川平には行ってみたいと思ってましたが、ホテルでツアーにでも申し込もうかなと考えてました」

「ツアーも楽しいですよね。ショッピングできるお店にも寄ってくれるし。でもほとんどのツアーは朝出発ですから、今からだと参加できるツアーは少ないと思うんです。観光タクシーは一人で利用すると割高ですし。路線バスを使っても行けますけど……あ、こちらこそついお誘いしちゃいましたけど、ご迷惑でしたら」

「そんな、迷惑だなんてとんでもないです」

何度かそうしたやり取りを繰り返しながら、離島ターミナルに着くまでの間、恵美は石垣島での生活について色々と話してくれた。飲食店でのアルバイトの口はけっこうあるので、移住した当初の生活には困らなかったこと。けれど手頃なアパートがなかなか見つからず、バックパッカーなどが利用する安宿で暮らしていたので、すぐに貯金が心もとなくなって焦ったこと。バイト先の居酒屋の寮が空いたのでホッとしたけれど、路線バスが通っていない場所にあったので、中古の自転車を買ってそれで通ったこと。けれどスコールの多い亜熱帯の島では、自転車通勤はなかなか大変だったこと。半年ほど節約に励んで、ようやく中古の軽自動車を手に入れた時は嬉しかったこと……

恵美の語る話は、まるで昔の若者の青春記のようだ、とわたしは思った。恵美が東京での生活を捨ててこの島に来て悪戦苦闘していた時、わたしは何をしていただろう。七年前、娘の沙奈《さな》は大学に入ったばかり。学費はまだまだ必要で、ファミレスでのパートは続けていたが、子育てはようやく終わった、そんな頃だ。それからの七年、恵美はこの島で苦労しながら着実に、自分の生きる場所を確保していた。その一方、わたしは……

何をしていた？

3

離婚してほしい。

半年前、夫にそう切り出された時、わたしは一瞬、知らない外国語を耳にしたような気分になった。

なぜ？　どうして？

疑問と共に、怒りが沸き上がった。

そんなことをあなたに言われる筋合いはない。あなたにそんな資格なんか、ない。

ないはずよ。

こちらに落ち度があるとはどうしても思えなかった。誰に誓ってもいい、夫を裏切ったことはない。それどころか、いつだって夫のことは気遣って来たつもりだ。夫の給料はちゃんと話し合って分配していた。わたしが自由にできるお金など、月に一万円もなかった。決められた生活費の中でやりくりし、自分の為に贅沢《ぜいたく》をしたことなど本当に思い出せないくらいわずかだ。正直言えば、わたしは自分のことを良妻賢母だと思っていた。なのにいったい、何が不満だって言うのよ。だがいくら問い詰めても責めても、夫は要領を得ない。離婚したい本当の理由を隠しているようにしか見えなかった。まさか、女！

探偵でも雇って調べようか。もし理由が不倫なら、絶対に離婚なんかしてやらない。相手の女に慰謝料をふっかけてやる。

私立探偵を雇うくらいのへそくりは、なんとか自分名義の通帳にあった。スマートフォンで検索してみると、浮気調査を請け負う探偵事務所がずらずらと出て来た。検索という作業はあまり得意ではなく、選択肢が多いとかえって迷ってしまうので、結局どこにも連絡を取らずに二度と検索はしなかった。

女、なのだろうか。この人に、自分以外の特別な女性がいるのだろうか。その女性と老後の人生をやり直したいのだろうか。考えた挙句、ストレートに訊《き》いてみた。もしそうなら正直に打ち明けてほしい。嘘をつかれたままでは、離婚を受け入れることはできない、と。

夫は、そんな人はいない、と言った。その顔に嘘があるのかどうか、わたしには判断できなかった。

別れて、一人で暮らしたいんだ。この先の人生、自分がしたいことをしてみたい。

夫はそれを繰り返すだけだった。

自分がしたいことをしたい。そんな身勝手な離婚理由なんかあるものか。それじゃ、わたしはどうなるの？

口争いをしているうちに泣き出してしまった。悔しくて。なんだかとても悔しくて。

夫は申し訳ない、と繰り返すだけだった。本当に申し訳ない。だけど、俺ももう残り時間がそうたくさんはないんだ。早期退職の募集に応じれば、退職金は二倍近くになる。これが最後のチャンスだと思うんだ。

ホテルに荷物を預けようとしたら、無料でアーリーチェックインさせてくれることになった。キーを受け取って部屋に入ると、明るくて思っていたよりも広い部屋だった。

化粧を直し、日焼け止めを腕や首に塗り直して、バッグの中から夏用の帽子を取り出した。

小さなホテルなのでレストランがなかった。外に出てみると、ちょうど正午を過ぎた頃で、十月とは思えない強い日が照っていた。歩きまわるのも面倒だったので、教えてもらったハンバーガー屋を探し、すぐに見つけた。なるほどホテルのすぐ近くにあった。石垣牛のハンバーガー。ボリュームがあって美味《おい》しかった。どのへんが他の国産和牛と違うのかはわからなかったけれど。

ゆっくり食べて、ホテルに戻り、ロビーのソファに座ってガイドブックを読んでいると、お待たせしました、と声がかかった。

恵美は、Tシャツとジーンズに着替えていて、先ほどの印象よりもさらに若々しく見えた。

「近くに車停めてあるので、行きましょう」

近く、というのはタクシー会社の駐車場だった。そんなところに駐車して怒られないのかと心配になったが、どうやら彼女はそのタクシー会社の人たちと顔見知りらしい。車の種類には詳しくないけれど、オフロードカーなのは見た目でわかった。

「こういう車なんで、ちょっと乗り心地が良くないかもしれないんですけど」

「やっぱり石垣島だと、こういう車がいいんですか?」

「いいえ、そうでもないですよ。市街地は道が狭いとこ多いから、普通の軽自動車が一番便利だと思います。こんなのに乗ってるのは、なんと言うか、はったりみたいなものかな」

　恵美は笑って言った。

「観光ガイドはしないんですけど、取材がてら北部に行くことはたまにあるんです。北部はこのあたりに比べたらかなりワイルドなんですよ。そういうワイルドな風景の中だと、やっぱりこの手の車がいいんですよね、写真に撮ったりすると。じゃ、川平辺りまで行きましょうか」

「すみません、なんだかお言葉に甘えてしまって」

「わたしからお誘いしたんですから気にしないでください」

　市街地をしばらく走って、気がつくと風景が変わっていた。畑が多くなり、山のような緑の塊も見えている。

「あのあたりにバンナ公園というのがあって、展望台から見える景色がいいんですよ。でも車がないとちょっと無理かなあ。公園の中を通る道もあるけど、今日はあっちは通らないで、海沿いに行きますね。県道79、石垣港伊原間《いばるま》線。しばらく海沿いに走るんで、景色は抜群です」

　恵美の言葉の通りに、やがて海が見えて来た。自分で運転しないので道がよくわからないが、気がつくと車窓の左側は手が届きそうなほど近くに海が見えている。

「伊原間って言うのは、石垣島がくびれているあたりの地名です。石垣島は北部と南部の間がくびれて細くなってるんです。この道は海沿いにそのあたりまでずっと続いている道で、ドライブには最適ですね。川平を過ぎたらそんなに通行量も多くないし。朝からドライブに出たなら、北部まで行って平久保崎《ひらくぼざき》灯台にタッチして、戻って玉取崎《たまとりざき》展望台で景色を堪能《たんのう》して、国道390で帰って来る一周コースがお勧めなんですけど」

「ドライブなんて本当に久しぶりです。夫がゴルフ好きだったので、車は持ってるんです。でも夫はドライブが好きではなくて。それに最近趣味が変わってゴルフもしなくなって」

「今はどんなご趣味をされているんですか」

「夫が、ですか？　あの人は……」

あれは五、六年前だった。マンションのベランダに、夫が突然プランターを並べて小さな家庭菜園を作った。わたしは呆《あき》れていた。家庭菜園で野菜なんか作ったって、スーパーで買うより美味しくて安いものなんかできるはずないのに。無農薬が良ければ、無農薬野菜の配達をしてくれるサービスもあるのに。

だが夫は、野菜作りに夢中になっていた。夫が機嫌よく野菜を作っていることに対しては、特に反対はしなかった。たまに採れる夏野菜などを料理してやると、すごく嬉《うれ》しそうに、なあ美味しいだろう、やっぱり違うよな、と言って笑っていた。わたしにはそんなに違うとも思えなかった。あれが、ゴルフをやめた夫の「趣味」だった。そう、趣味だと思っていた。ただの趣味だと。

早期退職して、実家に戻ろうと思う。

二年前、夫がそう言った時、わたしはまともに取り合わなかった。夫の実家は群馬県の渋川《しぶかわ》で、以前は農業をやっていたらしいが、今は夫の両親は共に他界し、畑も大部分手放している。実家の建物は残っていて夫が相続したが、そこで暮らしていた夫の妹一家が高崎《たかさき》市のマンションに移り住んでからは、空き家になっていた。家が傷まないよう、夫は数ヶ月に一度、風通しに通っていた。

あの家に住んで、残ってる畑で野菜を作りたいんだ。早期退職の退職金があれば年金がおりるまでの生活にも困らない。君も一緒に来て欲しい。

一笑に付した。

冗談じゃない。なんでわざわざあんな田舎にひっこんで、小さな畑でちまちまと野菜なんか育てて、退職金を食い潰《つぶ》さないとならないのよ。わたしの生活はどうなるのよ！

夫が家庭菜園に熱を上げているように、わたしにだって趣味くらいはあった。ミニシアターで映画を観る。平々凡々たる趣味には違いなかったが、少ない小遣いをやりくりして、レディースデイや『映画の日』を選んだり、ポイントカードを作ったりして月に二、三作は観ていた。シネコンにかかるような作品ではない、地味だけれど胸に染み込むような作品が好きだった。田舎に引っ越してしまったら、ミニシアターどころかシネコンだって近くにはなくなる。わたしの楽しみがなくなっちゃう！

海は美しかった。走るに連れて色が変わる。窓を開けると、気持ちのいい潮風が頬に当たった。

結局、離婚したい、と夫が口にした理由は、わたしが渋川に行くのを断ったから。それ以外にはなかったのかもしれない。あの人は、それほどまでに、田舎に帰りたかったのだ。

途中で海を離れて道は二つに分かれた。川平湾まではそこから間も無くだった。

川平湾は、ガイドブックで見た通りの美しい景色をしていた。何種類もの青色が重なったような海の色に、よく晴れた空の青。その青と青との間に、グラスボートや観光船が浮かんでいる。海の色が部分的に変化しているのは、珊瑚礁《さんごしょう》の影響だろうか。

何枚かスマホで写真を撮り、それをＬＩＮＥに載せた。

『沙奈ちゃん。念願の石垣島に来ました。川平湾はとても綺麗《きれい》です。お天気も良くて気持ちがいいです』

気の利いた文章を書こうとしたが言葉が思いつかず、優等生の遠足作文のようになってしまった。

恵美に誘われるまま、グラスボートに乗った。船底が透明になっていて、海の底が見える。水がとても澄んでいるので、まるで水槽を覗《のぞ》き込むように、珊瑚礁が観察できた。想像していたよりも珊瑚の色が地味だったけれど、泳ぎ回る小さな魚はカラフルで楽しい。珊瑚は数種類あるらしく、それぞれの珊瑚について説明もあった。

駐車場に戻り、石垣島産のフルーツを使ったジュースを飲んだ。島バナナと牛乳のジュース。普通のバナナジュースより酸味があってあっさりしていた。

「時間があれば川平ファームというところに寄れば、マンゴーやパッションフルーツのジュースがとても美味しいですよ。でも今日はこのあと、ちょっといいところにお連れしようと思って」

恵美は、秘密を打ち明けるような顔で言った。

「今の季節だと人が少ないので、きっと素敵な体験ができると思います」

再び車に乗り、川平公園を離れて十分ほどだったろうか。廃業してしまったらしいリゾートホテルの建物の脇に車を停め、酒井恵美の後について歩いた。少し歩くと足元が砂地になり、やがて、目の前が開けた。

　わあ！

　思わず声が出た。自分が映画の中にでも入り込んでしまったかのように思えたほど、目の前の光景は非現実的だった。あまりにも、美しい。

　絵葉書のような、いや、絵葉書の何百倍も見事な光景が広がっていた。

　白い砂浜は緩やかな弓形に広がっている。信じられないことに、人の姿がない。

　海の色の多彩さには恐れを感じるほどだった。浜に近いあたりはエメラルド色、そこから沖へと少しずつ色を変えながら、エメラルドからサファイアへと変化する。

　見上げれば抜けるような、信じがたいような明るい青色の空に、純白の雲が流れている。

　波はほとんどなく、風の音だけが聞こえている。視界の先には緑の低い山というか丘のような起伏が連なっている。

　浜と海とが接するあたりを見ると、水は透明だった。

「底地《すくじ》ビーチです。夏は海水浴客で賑《にぎ》わってますけど、この季節になるともう、観光客も来ませんね。なのでお勧めスポットなんです。それに、このビーチは西向きなんですよ」

　酒井恵美は、太陽を指差した。

「あと一時間もすればサンセットが始まります。ここで見るサンセットは、生涯の思い出になるんじゃないかと思います」

わたしは、声も出せずにその美しい景色を見つめていた。

「サンセットまでの間に、川平ファームにでも行ってマンゴージュースを飲みましょうか。あるいは泡盛の酒造所に寄ってみても面白いかもしれません。古酒《クース》の試飲ができますよ」

わたしは、ゆっくりと首を横に振った。ここを離れたくなかった。今ここを離れてサンセットの時刻に戻って来たら、この信じがたい魔法が解けてしまうような気がした。

「ここで、日暮れを待ちたいんですけど。あ、なんでしたらわたし一人ここにいますから、酒井さんはわたしに構わずどこかにいらしていただいても。あとで拾っていただけたら大丈夫です」

「ここが気に入りました？」

「はい。……ここを離れたくない気持ちです」

「じゃあ、ご一緒します。わたしもこの景色の中で、ぼーっとしているのが好きですから」

わたし達は砂浜の中を見回して、わずかな草地を見つけてそこに腰をおろした。恵美が背負っていたナップザックの中からタオルを出して、敷いてくれた。

しばらくの間、わたしたちはただ黙って、白い砂浜とエメラルドの海を見つめていた。

「夫から、離婚して欲しいと言われました」

唐突に、わたしは喋《しゃべ》り始めた。恵美に聞かせるためというよりも、ただ吐き出したいから、胸にしまっているものを言葉と声に出して解放してしまいたかったから。恵美は何も言わず、黙っている。

「わたしは怒りました。理由がわかりませんでした。妻として母として、できることはきちんとやって来たつもりでした。それで、夫が他の女性に心を移したんだと思いました。でもそんな気配がなくて。探偵でも雇ってきちんと調べるべきだったんでしょうね。だけど、怖かったんです。本当にそんな女性がいたとしたら、どんなに泣いても喚《わめ》いても、結局は離婚する以外どうしようもないじゃないですか。もう愛されていないとわかっていて、これから先の人生を一緒に暮らすなんてできませんよね。もちろん夫の不倫がはっきりすれば、離婚の条件は良くなるかもしれない。でも……夫は、わたしに何もかもくれると言いました。今住んでいるマンションも、ローンの残りは夫が一括で払ってくれ、名義をわたしに変更すると。夫が早期退職に応じて手にする退職金も、ローンの残債を払った残りはすべてわたしにくれると。数年後から夫が手にする年金も、半分をわたしの生活費に支払うと。どう考えても、それ以上に良い条件にはならないんです。夫に隠し財産があるとは思えませんし。だとしたら、探偵を雇って修羅場になっても、それで余分に得るものは何もありません。夫はそれほどまでに、わたしと別れたがっている。それが現実です」

「そんな条件で、ご主人様は生活していけるんですか」

「ええ、夫は群馬の実家に戻るつもりでいます。実家は義父母が他界したあと、義妹一家が住んでいたんですが、最近引っ越して空き家になってしまいました。古い家で金銭的な価値はないので、義妹は相続を放棄する代わりに家賃なしで住んでいました。夫が相続して固定資産税など払っていたんです。夫はそこで余生をおくるつもりのようです。自家消費用の野菜を作れる小さな畑もついていますから、年金の半額程度でも生活していかれるんだと思います」

わたしは目の前の海を見つめ続けていた。日が少しずつ落ちているのが、海の色が濃くなり始めたのでわかった。

「……夫は、わたしと二人で田舎暮らしをするつもりだったようです。東京のマンションを処分したお金で、古い家をリフォームして。夫はなぜか、わたしが喜ぶと思っていたようです……田舎暮らしを。わたしは……とんでもない、と思いました。笑い飛ばしました。何を考えているのよ、と呆《あき》れました。だってそうでしょう？　どうしてこの歳になって、知り合いも友達もいない土地で暮らさないといけないのか。それに田舎って、そんなにいいところでしょうか。地域の人たちの結びつきが強くて、わたしがそこに交ざろうとしてもきっとよそ者扱いされてはじかれます。他人の私生活にあれこれ干渉してくるだろうし、閉鎖的で保守的で。想像しただけでうんざりです。夫はわたしが同意しなかったことにひどく落ち込んだようで……でも、だからって、離婚を言い出すとは思っていませんでした。そこまで決心が固かったなんて。わたしも夫も、お互いのことをわかっていなかったんですね……少しも」

「それで……もう決心はつきました？」

恵美の問いに、わたしは少し考えた。決心がついた？　結論は初めから変わっていない。わたしは田舎で余生をおくりたくはないし、夫はもう東京で暮らすつもりがない。

だったら、離婚するしかないじゃないの。でも。

わたしはまだ、離婚届に判を押していない。

「石垣島に来れば、決心がつくかな、と思ったんです」

「あら……それはどうしてですか」

「夫は昔、この島で、一人の女性と出会ったようなんです」

4

　離婚を切り出してから数日して、夫はマンションを出て行った。ウィークリーマンションを借りて、しばらくそこで生活すると言う。わたしの気持ちが決まるまで待つから、ゆっくり考えて欲しい、と言い残して。
　わたしは怒り、泣き、物にあたり、娘にLINEで鬱憤《うっぷん》を吐き出し、やがてそうすることにも飽きて、夫の衣類や持ち物を片付け始めた。どうあがいてもいずれは離婚することになるのだろう、と半ば諦《あきら》めの気持ちだった。出て行くのは夫だから、夫の荷物を早めに整理しておこう。夫に任せたのでは、いつ終わるかわからないし。夫は寝室の片隅に事務机を置いて、そこにパソコンや文具、本などを載せていた。その夫の机の引き出しを、わたしは初めて開けた。そして、夫の手帳を何冊か見つけた。夫は毎年手帳を新しくしていたが、使い終えた手帳も何冊かとってあったのだ。中に、夫が石垣島旅行をした年のものがあった。夫がその手帳を特に秘密にしていたわけではないと思う。机の引き出しに鍵《かぎ》はかけられていなかったし、古い手帳も無造作に輪ゴムでまとめて放り込まれていただけだった。わたし自身、夫の秘密を暴きたくて読んでしまったわけではない。ただなんとなくめくっていたら、石垣島旅行の記述を見つけただけだった。飛行機の便、出発時刻、ホテルの名前と電話番号、招待されている結婚披露宴会場の電話番号、そんなものがメモ欄に書きつけられているだけの、ごく当たり前の記述だった。ただ一行、を除いて。

『浜崎の奥さんは最高だった』

これが愛人の名前？　向こうも人妻？

一瞬頭に血がのぼりかけたけれど、何か変だな、と思った。手帳は娘が高校三年の年、もう十年近く前のものだ。それ以降の手帳を懸命にめくってみたけれど、浜崎の奥さん、という名は二度と現れなかった。浜崎さん、について夫から何か聞いた記憶もない。結婚した石垣島の友人の姓は確か、中山《なかやま》。その妻となった人の旧姓までは知らないけれど、もしそれが浜崎なら、浜崎の奥さん、という書き方はおかしい。

考えてもわからない。夫に問いただそうか。でももし、夫が本当に不倫していてその相手が浜崎の奥さんだったら、どうしよう。

悶々《もんもん》としたまま、結局それ以上調べることもなかった。石垣島で夫は、浜崎という夫婦と出逢《であ》い、その妻の方が素晴らしい女性で感激した、そういうことなのだろう。

無理やり自分を納得させてみたけれど、喉《のど》に小骨が刺さったままでいるような不快感が消えなかった。

たった三日間で、浜崎の奥さんの正体が判るとは思わなかったけれど、もしわかったら、気持ちに踏ん切りをつけるきっかけになるかもしれない。旅先を石垣島と決めた時、わたしは漠然とそう思っていた。

きっと浜崎の奥さん、は、夫にとって理想の女性なのだ。その姿を見ることで、何か思い切れるのではないだろうか。

けれど石垣島のガイドブックを読み込み、旅への期待に胸を膨らませているうちに、浜崎の奥さんのことはすっかり頭から消えてしまっていた。

あまりにも美しい海と向き合っていて、それを不意に思い出した。

「もしその人に逢うことができたら……夫が理想とする女性と自分との差、みたいなものを実感できたら、夫のことは思い切れる、そんな気がするんですよね」

「その女性のお名前やご住所はご存知なんですか」

「住所は知りません。名前も、浜崎さん、ということしか」

「はまざき……はまさき、ではなくて？」

「あ、石垣島では、はまさき、と読むんですか」

「そうですね、砂浜の浜に山崎の崎でしたら、はまさき、と読むことが多いと思います。でも浜崎姓はけっこういるんじゃないかしら。下の名前も住所もわからないと捜すのは難しそう」

「やっぱりそうですか。そうですよね。別にいいんです、特に熱心に捜したいとも思ってなくて。ただ、夫の性格からすると、他人の奥さんをあんなに褒めるのは珍しいことだったので」

「浜崎の……奥さん、を、ご主人が褒めていらした？」

「はい。浜崎の奥さんは最高だった、と手帳に書いてました」

一瞬、恵美が何か言おうとした言葉を呑《の》み込むような間があった。それから恵美は、クスッと笑って言った。

「わたしも一人、知ってるんですよ、浜崎の奥さん。それがご主人が褒めていらした方と同じかどうかはわかりませんが」

「本当ですか!? その方、有名人なんですか！」

「ええまあ、そうですね。地元の人は知ってますね。あの……加奈さん、今夜のお夕飯の予定は」

「特に決めてないです。ガイドブックに載ってる店のどこかに行ってみようかな、くらいで」

「それなら、お夕飯つきあっていただけますか。もしかすると浜崎の奥さんをご紹介できるかもしれないので」

なんという幸運だろう。夫が最高だと褒めた女性に、逢えるかもしれないなんて。いや、幸運なのかどうかはわからないけれど。

「空の色が変わって来ましたね」

恵美に言われて視線を上げると、さっきまで青かった空にオレンジ色と桃色が混ざり始めていた。太陽もぐっと水平線に近づいている。

底地ビーチのサンセット劇場の幕が開いた。わたしは、その光と色の変化に魅せられ、釘付《くぎづ》けになった。

それは余りにも、切ないほどに美しいひと時だった。

太陽の最後の光が水平線に消えるまで、わたしは言葉もなく、刻々と変わる空と海を見つめ続けていた。

5

恵美が連れて行ってくれたのは、わたしが宿泊しているホテルから歩いて数分の居酒屋だった。特に洒落《しゃれ》てもいないし新しくもない、地元の人が愛用しているふうの居酒屋だ。わたしは少しがっかりしていた。せっかくの石垣島の夜なのだから、もう少し旅の情緒を感じられる店で食事がしたかったのだ。恵美はお酒が飲めない体質だからとさんぴん茶を頼んだ。わたしはオリオンビールにした。

「ごめんなさいね、こんな普通の居酒屋にお誘いしてしまって。でもここなら浜崎の奥さんをご紹介できるかなって。浜崎の奥さん、どのお店でもってわけにもいかないんです。特に観光客相手のお店だとだめなことが多いので」

恵美の言葉の意味がわからなかった。浜崎の奥さん、という人は、居酒屋や飲み屋を渡り歩いている人なのだろうか。あ、そうか。琉球《りゅうきゅう》の歌を歌う人なのかもしれない。そうだ、きっとそうだ。その人のパフォーマンスが最高、そういう意味だったんだ。歌とか踊りとか、そういう……

恵美はメニューを開き、それから店の壁に貼られたお品書きを眺めて、店員を呼んだ。

「あの地魚マース煮、のお魚、今日は何ですか」

「いろいろできますよ。ミーバイ、イラブチャー」

「浜崎の奥さんは、あります？」

わたしは恵美の顔を見た。それから店員を見た。店員はまったく驚きもせずに言った。

「ああ、はい、入ってます」

「じゃあ、浜崎の奥さんのマース煮で。小魚の唐揚げは、パダラーですか？」

「今日はパダラーはないんです。ミジュンなら」

「ミジュンでお願いします。あとは、加奈さん、食べられないものってありますか」

「あ、いえ、ないです。恵美さん選んでください」

「はい、でしたら、アダンの天ぷらと、アーサー豆腐、島らっきょうの塩漬け、とりあえずそのくらいで」

店員が去るとわたしは身を乗り出すようにして言った。

「浜崎の奥さんのマース煮っていったい……マースって塩のことですよね」

「はい、塩です。こちらの魚は、寒いところの魚みたいにあぶらがのっているわけではないので、あっさりと塩煮にしても臭みもなく美味《おい》しいんですよ」

「あの、そうじゃなくて、だからその、浜崎の奥さんがどうして塩煮に……」

「そのうちに来ますから」

恵美は笑っている。わたしはわけがわからずにいた。島らっきょうの塩漬けが真っ先に運ばれ、続いて小魚の唐揚げが登場した。

「パダラーとかミジュンとか、本土での名前はわたしも知らないんです。どれも小さな鰯《いわし》だか鰊《にしん》だかの仲間かな、くらいで。でもどちらも美味しいんですよ、唐揚げにすると丸ごと食べられて」

確かに美味しかった。ミジュン、という魚はワカサギより少し大きいくらいの魚で、鰯のような風味で、頭から全て食べられた。

アダンは小さなパイナップルのような実のつく植物で、その芽の部分はタケノコに似ている。てんぷらにするとクセもなく、爽《さわ》やかな旨《うま》みがあった。アーサーはアオサ、海藻だ。島豆腐のしっかりとした歯ごたえとアオサの潮の味が好相性だった。

そして、大きな皿が運ばれて来た。

石垣島の塩であっさりと煮付けられた、大きな魚が丸ごと。

背ビレも胸ビレも立派で、腹部も丸々としている。皮が赤い。鯛《たい》のようだ。

「お待ちかね、浜崎の奥さんです」

「えっ?」

わたしは皿を見つめた。

「浜崎の奥さん、とこの島では呼ばれている魚です。和名は確か、トガリエビス、だったかな。なかなか獲《と》れない高級魚で、地元の人たちに人気なんで、こういうお店にたまに入った時に食べるんですけど、すごく美味しいですよ」

「あの……これが……」

「昔、浜崎さんという方の奥様が、この魚が大好きで毎日のように市場に買いに来ていたんですって。なかなかいいお値段の魚なんで、それを毎日買うので有名になっちゃったんでしょうね。それでこの島では、この魚を浜崎の奥さん、と呼ぶらしいです」

わたしは呆気《あっけ》にとられて皿を見つめていた。これが、夫が「最高だった」と評した「理想の女性」。

「冷めないうちにどうぞ」

恵美に言われて、わたしは箸《はし》を魚に刺した。ほんの少し、口に運ぶ。

ああ。

美味しい！

ふわりとほぐれる身は、けれど噛《か》むとしっかりしていて、品のいい旨みがじわっと口の中に広がる。石垣島の恵みである塩と魚。シンプルだけれど、これ以上ない組み合わせ。

次の一口を口に入れると、もう止まらなかった。恵美の分を残しておかなくちゃ、と思いつつも、魚の旨みが溶け込んだ煮汁まですすりたいと思った。

「美味しいでしょう？」

わたしはうなずいた。

「はい、最高です！」

そうだ。浜崎の奥さんは、最高だ。

食べているうちに、なぜか涙が溢《あふ》れて来た。拭《ぬぐ》う間もなく頬を伝う。

なぜ話してくれなかったのだろう。こんなに美味しい魚を食べたと、なぜ。

夫は話したかったのかもしれない。でもわたしは、石垣島で夫が何を食べたか訊《き》かなかった。花嫁さんは綺麗《きれい》だったか、披露宴は盛大だったか、ご祝儀の相場は東京と違っていたか、そんなことばかり訊いていた記憶がある。

ずっとそうだったのだ。わたしと夫とは、いつの間にか互いの心の動きに関心を抱かなくなっていた。何に感動したのか、何を美味しいと思ったのか、何を美しいと思ったのか、知ろうとしなくなっていた。

夫がベランダで作った小さなトマトのことを、たいして甘くないね、としか言ってあげなかった。夫もわたしが映画を観に出かけても、何を観たの、くらいしか訊いてくれなかった。わたしには、ちょっと電車に乗れば観たい映画が観られる、そんな生活が大切なのだと、夫にわかってもらおうとしなかった。夫が田舎で暮らしたいと願うように、わたしは都会で暮らしたいと願っている。それは互いのわがままでもなんでもなくて、ただ、心を動かされるものが何であるか、の違いなのだ。

わたしと夫とは、だから、この先の人生を別々に歩く。

でも。

この感動を分かちあうことだって、できるはず。

「ありがとうございました」

わたしは恵美に向かって頭を下げた。

「浜崎の奥さんを紹介してくださって、本当にありがとうございました。それにあのサンセット、夕日の色も、きっと死ぬまで忘れないと思います」

「なんだかスッキリした顔してますね」

恵美は優しく微笑んだ。

「心が決まったのでしたら、よかった」

＊

『ママ、このサンセット、すごく綺麗！』

『でしょう？　底地ビーチってとこよ』

『今夜は何食べたの？』

『お魚。浜崎の奥さん、って名前の』

『何それ。魚の名前なの?』

『そう。ググったら出るよ。ママね、スマホの検索って苦手で使ったことなかった。やってみたら、浜崎の奥さん・石垣島、で全部解決。最初からやっとけばよかった』

『あとでやってみる。石垣島、楽しい?』

『まだ一日目だけど、すごく楽しい。明日《あした》は竹富島に行って、牛車に乗って、レンタサイクルで島中走って、エビフライ食べる』

『エビフライ?』

『竹富島って車海老《くるまえび》の養殖で有名なんだって』

『いいなあ、エビフライ。ところでママ、あのことだけど』

『うん、決めた。ママとパパ、ひとまず別々に暮らすことにする。パパは渋川に戻って畑仕事』

『ママは?』

『またパートに出るつもり』

『やっぱり離婚するんだ』

『うーん、どうしようかな』

『何言ってるの、いまさら』

『でもね、わたし、パパのこと何にも知らないなあ、って思ったの。二十七年も一緒に暮らしていたのにね。それを知りたくなったのよ。ひとまず別居するけど、渋川には時々行って、パパと畑いじりもしてみようと思う。逆にパパも時々東京に戻って、ママの好きな映画を一緒に観たりしてもらおうかな、って』

『それで離婚、回避できるの？』

『わからない。無理かもしれない。でもいいの。そうしてみたいと思ったのよ、この島に来て。さっきパパに電話したら、パパ、そうしようか、って言ってくれたし』

『二人がいいなら、そうしたらいいよ。沙奈は反対しない。でもね』

『うん？』

『人生、あっという間だよ。ママもパパも、気がついたら高齢者だから。二人とも、やりたいことはやっちゃわないと損だよ』

『わかってる。だからやってみようって決めたの。これからママは、パパが本当はどんな人だったのか知るために、いろいろやってみよう、って。手遅れでも今さらでもいいのよ。それをしないでハンコ押したら、きっと後悔すると思うから』

『ママ、旅に出てよかったね』

『うん。よかった』

スタンプを押して、LINEを終了。明日は八時半の船で竹富島だ。

わたしは、自分用にホテルの売店で買った、ミンサー織りのカバーのついた手帳を開き、書きつけた。

『浜崎の奥さんは、最高だった！』

夢よりも甘く

篠田真由美

篠田真由美（しのだ・まゆみ）
東京都生まれ。一九九一年『琥珀の城の殺人』が第二回鮎川哲也賞の最終候補となり、翌年、東京創元社より刊行されデビュー。『未明の家』に始まる「建築探偵桜井京介の事件簿」はベストセラーに。主な著書に「龍の黙示録」「イヴルズ・ゲート」「レディ・ヴィクトリア」など。

あたしは全身を強張《こわば》らせて、その場に呆然《ぼうぜん》と立ち尽くしていた。それこそ文字通り、棒を呑《の》んだように。

右手は腰に巻いたウェストポーチを摑《つか》み、左手は半分開いた口から中に差し入れて、二つ折りの革財布を指が食いこむほど強く握りしめている。わずかな感触は数枚のレシートで、他にはなにも入っていない。見るまでもないというより、たったいま何度も繰り返し、裏表ひっくり返すほど財布を検《あらた》め、ポーチの中も探り回した後だ。なにが起きたか疑う余地はなかった。

それでもまだ頭の中は、諦《あきら》めの悪い子犬が自分のシッポを追いかけて、ぐるぐる無駄な動きを繰り返しているように、ひとつところで輪を描いている。ガイドブックを開けば、トラブルの例はいくつも書いてあって、そういう目に遭わないように用心しなくちゃと考えていたはずなのに。

でもこの旅行は、そもそもコロナのおかげで最初の予定より一年年半出発が遅れたのを始めとして、もしもあたしが迷信家だったら「なにかの祟《たた》り？」とでもいいたくなるくらい、ろくでもないこと続きだった。

一緒に行く予定だった友人に、出発を目の前にしてどうしても許せないことをいわれ、「あなたとなんか行けない」「好きになさいよ」というわけで、ひとりで出かけることになった。出発の前夜には母と大喧嘩《おおげんか》だ。そしてようやく目的の地にたどりついたと思えば、日本から予約していたホテルは値段からは信じられないほど狭くて、清潔ともいえない安宿で、従業員はひどく感じが悪い。街に出て、事前に調べておいたガラスの店や工房を回っても、イタリア語どころか英語も満足に話せない自分が悪いといえばそれまでだけど、望んだような答えと出会うことはできなかった。そしてもうひとつの目的の、名の知れたお店でも、やはり失望が待っていた。

そのあげくがこれだ。

(どうして、どうしてッ?)

(あたし、なにか悪いことでもした?――)

(なんでこうもトラブルばっかり!)

(もう、信じられない。悪夢だよ、悪夢!)

もちろん声に出したわけじゃない。全部胸の中の叫びだ。けれどももしこれがマンガかドラマの中だったら、あたしのような目に遭った人は、きっと天を向いて大声を上げ、両手で頭を掻《か》きむしり、あたりかまわずワンワン泣き出していたんじゃないだろうか。

そう、いっそ泣けたらいい。泣いたって、騒いだって、どうにもならないことはわかっている。いくら「助けて！」と悲鳴を上げても白馬の王子様が現れるわけもないけれど、少なくともいくらか気が紛れるかも知れない。でも、駄目だ。声なんか出ない。ただ頭がボーッとして、目の前がかすんだみたいで、そしてじわじわと、足もとから汚れた水が染みこんでくるみたいに、絶望感がこみ上げてくる。

ウェストポーチに財布を入れるのは危ないって、ガイドブックにも書いてあったのに。ちゃんとそれは読んでいたのに、これまでなにもなかったせいで、安心しきっていた。つまり自分が馬鹿だったのだ。最悪だ。子供のときからずっと憧《あこが》れていた街にようやくやってきて、そこでこんな目に遭うなんて。それも自分の失敗で。ここ数年のパンデミックの記憶など跡形なく忘れたらしい、観光客で賑《にぎ》わう広場に立って、あたしは相変わらずどん底の惨めさに浸されたまま、動くことができないでいた。ヴェネツィアの、サン・マルコ広場の一角で。

ほんの小さな子供の頃から、あたしにとってヴェネツィアは、なによりも美しい夢の街だった。夢なのにちゃんと現実に存在していて、飛行機に乗れば訪れることができるはずの場所だった。だから自分が大人になって、旅に出られることになったらどこよりも先に、一番に行くことになっている目的地だった。

あたしにその名前を教えてくれたのはおばあちゃま。母の母親で、仕事で一緒に暮らせない母の代わりに、あたしを中学入学まで育ててくれた人だ。ヴェネツィアはそのおばあちゃまにとって、懐かしくてなにより大切な想い出の街で、おばあちゃまが話してくれるヴェネツィアのいろんなことを、あたしはおとぎ話のように聞いて育った。おばあちゃまの部屋の引き出しには、端の方が黄ばんだ古い絵葉書がたくさんしまわれていて、それを一枚一枚めくりながら、紙芝居のようにいろいろなことを聞かせてくれた。

陽の光がきらきらする水面《みなも》に浮かんだ、黒い不思議な形のゴンドラの群れ。

柱の列に囲まれた四角い広場と、その向こうに建つ黄金色の宮殿のようなサン・マルコ寺院。

山なりにアーチを並べた白い石のリアルト橋。

すり減った石畳の上を、首を振り振り歩いていく鳩。

うろこ雲の空に向かって、三角の屋根を突き立てた高い塔——

おばあちゃまはあたしくらいの歳の頃、しばらくヴェネツィアのイタリア人の家に預けられていたのだという。最初はことばもわからないし、心細くて夜のベッドで声を殺して泣いていた。でもそのうち慣れてくると、ひとりで迷路のような路地を走り回り、野良猫と遊ぶようになった。

ヴェネツィアは島なので、迷子になっても遠くまでは行けない。それに自動車が走らず、運河を往来する乗り合いの水上バスと、タクシーのモーターボートと、観光用のゴンドラの他は地上を歩くだけだから、子供のひとり遊びも危険はないという。

季節ごとに移り変わる空の色、海の色、迷路みたいに折れ曲がり入り組んだ石畳の道、その行く手に現れる橋、影の落ちる暗い細道の向こうに、ふいに開ける明るい広場と教会、鐘楼から鳴る鐘の音、ショウウィンドウの中で電灯に照らされて輝いている謝肉祭《カルネヴァアレ》の仮面たち、それからガラス。ヴェネツィア特産のガラスだ。

「ヴェネツィアのガラスはねえ、それはそれは美しいのよ」

と、おばあちゃまの話はひときわ熱を帯びたものだった。

「昔は家の中を照らすものといったら蠟燭《ろうそく》しかなかったけど、もっと明るくしたいからってたくさん蠟燭を点《とも》せば、今度は部屋の空気が熱くなって、我慢できなくなってしまうでしょう。そんなときはどうしたかって、壁に鏡をかけて光を反射させたの。そうすれば一本の蠟燭の光が、何倍も明るくなるから。そうして天井からは、赤や青の花の形に作ったシャンデリアを下げて、それがきらきら光るようにして、食卓にはガラスの杯や大皿を置いて、果物を盛りつけるの。透明なところに金のエナメルで文様を描いたり、ダイヤモンドの鑿《のみ》で紋章を刻んだり、杯の持ち手は色ガラスで、ドラゴンが波と戯れるようにうねったりするの。

ガラスは昔から宝石の写し、代用品として使われたけれど、硬い宝石より優れたことは、飴《あめ》のように柔らかく溶かして、好きな形に作ることができるということだったの。溶けたガラスを細い竿《さお》の先につけて息を吹き込んで、風船のように膨らまして、それを切り取って壺《つぼ》にしたりカップにしたり、細く伸ばして色を付けたガラスを編んでライオンや龍《りゅう》や一角獣の姿を作ったり、それはもう魔法のようだったわ。もちろん出来上がった作品はすばらしいけれど、それを作る職人の手業のあざやかさといったら、息を呑んで目を見張っているしかないの」

「おばあちゃま、見たことがあるの？」

「ええ、あるわ」

答えながらおばあちゃまは、いたずらの告白をするみたいにちょっと肩をすくめた。

「中世の頃、ヴェネツィアのガラスの製法は国の秘密だったから、ガラス工房は総《すべ》てムラーノという島に集められて、職人は島の外に出られなかったの。そんな禁制は昔の話だけれど、やっぱり工房は一般人立ち入り禁止。でもわたしは職人の若い徒弟と仲良しになって、その子に頼んで一度だけ、こっそり覗《のぞ》かせてもらったことがあるの。ずいぶん昔のことだったけど、燃える炉の熱気と、溶けたガラスをつけた長い竿を操る、なにかの儀式のような、魔法使いのような仕事ぶりは、いまも目に焼き付いているわ。

不思議ね。それからは、街のショウウィンドウに並んでいるガラスの首飾りや、小さな香水壺や、ワイングラス、ガラスの動物や帽子のピンを見ても、作り方を知らないときよりずっと美しく見えるようになったわ。小さなガラス細工のひとつひとつが、職人さんが汗を流して生み出しているんだとわかったから」

おばあちゃまのお話を聞いて、小さなあたしはうっとりして「いいなあ」「そんなきれいなガラスが欲しいなあ」と思ったけれど、おばあちゃまのところにもお話に出てくるような美しいガラスの品はひとつもなかった。台所の食器棚に並んでいるのは、どこの家にもありそうな花柄の赤いプリントがついたコップと、そうめんを食べるときの青っぽい色の小鉢だけだった。

でもあたしはおばあちゃまに、「なんでひとつもヴェネツィアのガラスがないの」とは聞かなかった。欲しくなかったはずがない、手に入れられたら絶対に、いまも大切に持っているに違いないので、それがないというのは、なぜかわからないけど持てなかったからだと、その頃からいわれないでもわかっていた気がする。

いくら欲しくても、望みが叶《かな》えられるとは限らない。いや、むしろ叶えられない方が普通なのだと、あたしが思うようになったのは、やはりおばあちゃまの感化だろうか。あたしとおしゃべりしていないとき、黙ってじっとなにかを思っているらしいおばあちゃまの横顔は、ちょっと悲しそうに見えることが多かった。

「うちの家系はどういうものか、男運が良くなくてね」

そんなことばも聞いた。おばあちゃまは子供のあたしにも格別隠しごとをしない人だったので、あたしに父親がいなくて、母ひとりがずっと働いているのは、両親たちが結婚しなかったからだというのも知っていた。ふたりは結婚するつもりだったのだけれど、なにかがあってそうはできなかった。病気で死んだとか、事故に遭ったとか、仕事で外国に行かねばならなくなって、そのまま別れてしまったとか、説明はときどき変わったから、どれが本当かはわからない。

そしてそれはおばあちゃまも同じで、結婚して一年もしないで離婚することになって、生まれたばかりのあたしの母をひとりで育てなければならなかった。離婚の理由は訊かなかったし、おばあちゃまもなにもいわなかったけれど、人生にはそういうことがあるものだと思うしかなかった。

母は生命保険会社に勤めていて、最初は外交員だったのが、すごく成績が良くて抜《ばっ》擢《てき》されて、営業所の所長に出世して、東京ではない、関東のあちこちを数年ごとに転勤するような生活をしていた。その仕事はとても忙しくて、お休みはないし夜も遅くまで働くのが普通で、だからあたしはおばあちゃまとふたりだけで、東京の練馬《ねりま》の小さな二階家でずっと暮らしていて、母はそこにときどき、月に一度くらいは帰ってくるのだった。

あたしはおばあちゃまが大好きだったから、父親がいないことも、母と一緒に暮らせないことにも、格別不満はなかった。小学生になって友達の家に遊びに行っても、大抵の家のおとうさんと呼ばれる人はお勤めに出ていて顔を合わせることもなかったし、別にいないならいなくていいや、という感じだった。ただ不満というよりもずっと納得がいかなかったのは、母とおばあちゃまの仲があんまり良くないようだ、ということだった。

母は練馬の家に帰ってくるときも、お休みというよりは東京の本社に行くついでのような感じで、三人でもあたしとふたりででも、どこかへ出かけた覚えはまるでない。家に居て食卓を囲んでも、おばあちゃまとはほとんど用のあるときしか話さなくて、目も合わせないようだった。

母と娘でも、性格が合わないというのはあるだろう。母は強くて、行動的で、なんでもはっきりと口に出していう人。意地悪というのではないけど、少しせっかちでことばがきつい。逆におばあちゃまはおっとりとして、もちろん年齢ということはあるだろうけど、子供のあたしから見ても、立ち居振る舞いも話すことばもゆっくりしていて、あたしといても「早くしなさい」と急き立てるようなことはまるでなかった。

それに馴《な》らされていたから、母のそばにいるとあたしは少し緊張したし、身構えてもいた。

一度だけ、思い切って聞いたことがある。

「おかあさん、おばあちゃまが嫌いなの？」

母は驚いたように目を見開いて、切り口上で聞き返した。

「どうしてそんなこと思うの。かあさんがなにかいったの？」

もう、その表情が怖い。あたしは「だって……」と口ごもるばかりだ。すると母は、あたしの様子にさすがにこれはまずい、とでも思ったのだろう。なんとか自分の顔を変えようとするように、息を吸ったり頭を振ったりしてから、

「私はね、むしろあんたがそんなにかあさんになつくとは思っていなかったのよ」

といった。

「かあさんは、子育てには向いていないと自分でいっていたくらいだから」

あたしは驚いて口を開けた。あのおばあちゃまがそんなことをいうなんて、まるで信じられなかったからだ。母はたまに顔を合わせると、あたしの服装を直したり、お行儀が悪いと叱ったりすることが先に立ったけど、おばあちゃまはむしろ甘すぎるくらいだった。あたしのおねだりをいつも聞き入れてくれて、どんなお願いをしても駄目だといわれた覚えがない。でもあたしが一番好きなのはヴェネツィアの話を聞くことで、同じ話でもちっとも飽きなかった。あたしとおばあちゃまはふたり、本当に仲良く暮らしていたのだ。

なのに、なんで母はそんな変なことをいうのだろうと思ったけれど、記憶はそこで途切れる。あたしが聞き返す前に、そのままどこかへ行ってしまったのか、だれかが来て話がそれきりになったのか、そこは覚えていない。でも「子育てには向いていない」ということばは、あたしの脳におかしな染みのようにこびりついて、ずっといつまでも残っていた。

納得がいったわけではない。むしろ、変だと思ったから忘れられなかったのだろう。子供の目から見ても、「子育てに向いていない」のは、だれよりも母の方ではないか。それは、あたしの家では母が働いているので、一緒に暮らせない事情はわかっているけど、彼女はそのことを特に残念がってはいない気がした。他にしようがないから別に住んでいるのじゃなく、あたしとおばあちゃまと三人で暮らすより、ひとりで思い切り働くことの方が好きだから、あたしがいるとそうできないから、そうしているんじゃないだろうか。

でもあたしが「そうなんでしょ？」とおばあちゃまに訊《き》くと、おばあちゃまはいつになく眉《まゆ》を寄せてきつい調子で、

「とんでもないわ。そんなこといっちゃあ駄目よ」

とあたしをたしなめた。

「だっておばあちゃま――」

「いつもいっているように、うちはどういうものか男運が悪くて、好きになった相手と添い遂げられないで、女だけで小さな子を抱えて苦労する巡り合わせなの。わたしもそうだったし、女がひとりで子育てしながら働くっていうのは、それはそれは一通りじゃない苦労なのよ」

「つまり、おかあさんにはあたしが邪魔なのね？」

「違いますよ！」

おばあちゃまの大声に、あたしはびくっとしたものだった。それからおばあちゃまはなだめ声になって、

「いい？　あの子だって普通の家の母親のように、あんたと一緒に暮らしたいと思っているのよ。それはもうはっきりしてるんだから、あんたはおかあさんにやさしくしてあげないと。お説教されるのは嬉《うれ》しくないでしょうけど、それもみんなあんたのことを思っているのに、そばにいられないから、顔を見られたときにはまずいわなければならないことが口から出てしまうのよ。ただ毎日男の人の中で、負けないように気を張って仕事しているから、知らず知らずきついしゃべり方が身についてしまうんでしょ。そう思って赦《ゆる》しておあげ」

「でも、おかあさんはおばあちゃまにやさしくない」

あたしは頬をふくらませて言い返した。

「おかあさん、あたしには怖い顔でお説教ばかりだけど、おばあちゃまとは用事があるときしか話さないじゃない。あたし、それが嫌なの」

「それはねえ」

おばあちゃまは苦笑したようだった。

「母と娘だって、お互い気が合わないことはあるもの。それに、悪いのはわたしの方だから。でも、謝っても赦してもらえなくて」

「おばあちゃまが？　なんでおばあちゃまが！」

あたしは大声を上げた。

「おばあちゃまがあたしを預かってくれているから、おかあさんはいまみたいに男の人と同じにお仕事ができるんでしょう？　おばあちゃまはなんにも悪いことなんかないじゃない。有り難うっていって、なにかあっても謝らないといけないのは、おかあさんの方じゃない」

「違うの。わたしが昔ちょっと口を滑らせてね、あの子をうんと怒らせてしまったの。それだけよ。あの子が腹を立てるのも当然だった。あんたにもごめんね。これが口の咎《とが》というものだわね」

「クチノ、トガ？……」

聞いたことのない、なにかの虫の名前みたいなことばだ、とあたしは思った。

「なあに、クチノトガって」

「それはね、いってはいけないことをうっかりいってしまうってことよ。本気でそう思っているわけでもないのに、道で小石につまずいて転ぶみたいに、ぱっと口から出てしまった、そんなことばはいくら後悔してなかったことにしたくても、消しゴムでこするみたいには消せないでしょう？」

「口を滑らせて、おばあちゃま、なにをいったの？」

「ちょっとね」

「ちょっとじゃないもん！」

もどかしい思いに、あたしは両手を握って地団駄を踏んだ。

「だって、おかあさんがおばあちゃまと口を利かないの、ずっと前からじゃない。そんなに長いこと怒り続けてるなんて、変だよ。ねえ、なにがあったのかちゃんと話して。なんだったの？　なにか、あたしのこと？」

けれど重ねて尋ねても、おばあちゃまは薄くほほえんだまま、かぶりを振るばかりだった。おばあちゃまが話してくれないのは、あたしが子供だからだろう。そう思うと悲しくて胸が痛くて、涙が溢《あふ》れてくる。そんなふうにおばあちゃまにまで辛《つら》く当たる、母が恨めしい。あたしがグスグスと洟《はな》を啜《すす》り上げると、おばあちゃまは困り顔になってあたしを覗《のぞ》きこんだ。

「本当に大したことじゃないの。わざわざ話すほどのことでもないのよ。あの子だってわかっているけど、遠慮のない親子だからかえって面倒で、そのまんまになっているだけなんでしょ。ごめんね。あんたにも悲しい思いをさせて」

あたしの頭を撫《な》でながら、ごめんねごめんね、とおばあちゃまは繰り返す。悪いのはわたしなんだから、おかあさんを嫌ったりしては駄目よ。おかあさんはだれよりもあんたを大事に思ってるのよ。うそだ、とあたしは思ったけど、口に出してそうはいわなかった。これ以上駄々をこねておばあちゃまを困らせるのは、なにより良くないことだと自分でもわかっていたから。

「それより、ね、チョコラータを飲まない？　ヴェネツィアのチョコラータよ。カフェ・フローリアンのチョコラータ・コン・パンナ。好きでしょ？」

あたしはこっくり顔を縦に振った。それはおばあちゃまがときどき作ってくれる、特別のご褒美のような飲み物だ。見たところはココアと同じようで、それなら別に珍しくもないと思われるかも知れないけれど、おばあちゃまが台所に立って小さなお鍋《なべ》で煮てくれるそれは全然違うのだ。前におかあさんに連れられて出かけたとき、銀座《ぎんざ》のパーラーでメニューにあったココアを頼んでみたけど、立派なお店なのに全然美味《おい》しくなかった。お砂糖味で甘いだけで、なんだか薄くてコクもなくて。

あたしのことばにおばあちゃまはうなずいた。

「日本のお店で出すのは、粉ミルクを入れたインスタントのココアかも知れないね。ちゃんと美味しく作るのは手間もかかるし、クリームの味も向こうとは違うし。わたしもフローリアンの味に近づけたくて、あれこれ工夫してみたけどもうひとつだわ。でもココアの粉にチョコレートを溶かして混ぜてみたら、少し似た感じになったから、今日もそれでやってみましょう。ちょうどいただきものの、トリノのチョコレートがあるのよ」

「じゃ、あたし、お茶碗《ちゃわん》を温めるね」

おばあちゃまがいっているのは、ヴェネツィアにいた頃、カフェ・フローリアンという老舗《しにせ》で飲んだものだった。ミルクチョコレートが液体になったような、素晴らしく濃厚で熱い一杯で、甘さはもちろんあるけれど、カカオ本来の香りや苦みもちゃんと生きているのだ。

フローリアンのチョコラータは銀の取っ手のついたガラスの器《うつわ》に入っていて、上には泡立てたクリームを絞り出して作った白いバラの花が浮かんでいる。おばあちゃまもクリームを泡立て器で掻《か》き回して、絞り袋に入れて、お茶碗についだ液体の上に浮かべてくれる。といってもおばあちゃまはケーキ職人ではなかったので、それは辛《かろ》うじて「バラの花っぽく見える」という程度のものだったけれど、あたしにはそれだけで充分、うっとりするくらいすてきに思えたのだった。

でもこれを飲むときは気をつけないといけない。スプーンを勢いよくクリームのバラに突き立てて、それをすくったり、混ぜたりしようとすると、クリームの下から液体が飛び出して受け皿に溢れてしまう。だから先にクリームを食べるのも、お行儀良く少しずつだ。その内に熱でクリームが溶けて、混ざって、さらに濃厚さを増していく。甘みが物足りなかったら、それから好きなだけお砂糖を足してそっとかき混ぜるのだ。

「ね、おばあちゃま。またあのお話聞かせて」

あたしは熱いチョコラータを、唇を尖《とが》らせてふうふう吹きさましながら、いつものようにそのお話をせがむ。もう何度も聞いた、でも大好きなおばあちゃまが若いときのヴェネツィアでのお話だ。その中でのおばあちゃまは、子供ではなく若い娘になっていて、ガラス職人の徒弟の若者と仲良くなっているのだ。

ガラスの工房はみんなムラーノ島にある。ガラスの製法が秘密になっていた時代ではないけれど、火を使う工房は火事を出す危険があるから、やっぱり街中には造れないのだ。だからその若者は海を隔てたムラーノ島に、工房の寮で他の徒弟や職人たちと共同生活をして、朝から夜まで働いている。そして週に一度日曜日の午後、彼は乗合船に乗って本島の波止場にやってくる。おばあちゃまは波止場で彼を待って、その午後を半日ふたりで過ごす。

いうまでもなく、ふたりにはお金がない。だからしゃれたレストランに入ったり、遠くまで遊びに出かけていったり、というのはできない。その一週間なにがあったかをしゃべり合いながら、迷路のような路地を歩き回り、お腹が減れば広場のベンチに座ってピッツァやアイスクリームを買い食いし、鳩に餌をやったり、あちこちのショウウィンドウを眺めて、「あの靴が素敵。あなたにぴったり」「君があのスカーフをしたら似合うね」そんなことをいって買い物をした気分になって過ごす。

でも少しお金があるときは、特別な贅沢《ぜいたく》として、彼がムラーノに戻る前にサン・マルコ広場の回廊の中にあるカフェ・フローリアンに入って、このチョコラータ・コン・パンナを頼むのだ。

「本当に素敵なお店だったわ。サン・マルコ広場を囲むガレリアの一角にあって、あんまり広くない小部屋がいくつも連なった中に、こまこまと並んだ席は壁に作りつけのソファで、お店というよりだれかの家のサロンに招かれたような、不思議と親密な空気が流れているの。

壁はすべて金の縁取りのあるヴェネツィア鏡とガラス絵で、低い天井からは花の形のシャンデリアが垂れていて、白い上着を着たお給仕の男性が、とてもうやうやしく荘重に注文を聞いてくれる。ことば遣いも上品で、貴族のお宅の使用人ならこんなふうに話すだろうという感じなの。

わたしたちのような若い、どう見てもふところのさびしそうなお客でも、それだけで粗末に扱われることはなかったから、それが嬉《うれ》しくて、お給仕にあげるチップのためのお金はちゃんと用意しておいた。よそから来た観光客も、地元の人間も、その店ではみんなお行儀良く、ちょっと気取った顔で、小声で話しながら飲み物を楽しんでいたわ。赤いビロードのソファに座ると、決まってチョコラータを頼んだ。楕円《だえん》形の銀のお盆の上には、チョコラータの器と、畳んだ紙ナプキンを入れたナプキン立てと、水のフラスコ。ガラスのコップにはフローリアンの紋章が刻まれているの。スプーンは気をつけて使うんだよ、あわててかき混ぜるとこぼれるよって、教えてくれたのは彼。でもわたしは最初から、クリームのバラを崩そうなんて思わなかった。溶けるまでずっと見ていたかった。少し曇った壁の鏡に映る自分の横顔が、いつもよりちょっぴりきれいに見えるのを意識しながら。

でも彼は、寮の門限までに帰らないといけなかったから、わたしたちがそこにいられる時間はそんなに長くはなかったの。フローリアンは夜遅くまで開いていて、サン・マルコ広場の賑《にぎ》わいもまだ続いていたけれど、教会が夕べの鐘を鳴らして、空が紫色に染まる頃には、乗合船でムラーノ島に帰らないとならない。波止場で彼を見送るときは、本当に胸が痛いくらい寂しくて、彼が本島に住んでいるならどんなに良かったろうと思わずにはいられなかったわ。

でも彼はガラスの仕事が大好きだった。親方たちが作る見事なガラス細工のことを、飽きることなくわたしに話してくれたわ。ヴェネツィア名産のガラスの中でも、他の国では真似できない逸品がレエス・グラス。透明な中に細い乳白色の線が、レエスのように編み目になって流れているの。それを作るには、白いガラスを溶かして引き伸ばして細いガラスの棒にして、溶けた透明なガラスにそれをつけて、引き伸ばしてねじって螺旋《らせん》模様にして、また引き伸ばす。同じ太さの螺旋模様が入ったガラス棒を、切って並べて熱して板にし、丸めて円筒にして、絞って、底をつけて、息でふくらませて、形を整えて、ようやく壺《つぼ》になる。竿《さお》から切り離した壺を割れないようにゆっくりと冷やして、やっと完成。

普段は決して口数が多くない、わたしがしゃべるのを楽しそうに聞いてくれることの方が多い彼が、ガラスの話になるとそれは雄弁で、楽しそうで、作り方を身振り手振り、本当に一生懸命なの。それを聞いているだけで、わたしも嬉しくなってしまったものよ。いまはまだ見習い扱いで、下働きや雑用しかさせてもらえてないけれど、早く自分も一人前の職人になって、だれもが驚くような見事な細工物を生み出してみせるよ。君ならどんなガラス細工が欲しい？　って」

答えはわかっているのに、それでもあたしは訊《き》く。

「それで、おばあちゃまはなんて？」

「バラが欲しいわっていったの。枯れたり散ったりしない、ずっときれいに咲き続けてくれるバラを作ってちょうだいって。よく考えたらずいぶん難しい、欲の深い注文よね。でもそのときは目の前に、チョコラータに浮かんだクリームのバラがあったから、自然とそういうことばが出て来てしまって。そうしたら彼はにっこりして、いいとも、少し時間がかかるかも知れないけど、きっと君に枯れないバラをプレゼントするよって」

おばあちゃまのお話は、よく注意して聞いて覚えていると、ときどき食い違ったり矛盾したりするところがあった。彼が働いているガラスの工房を覗《のぞ》かせてもらいに行ったというのも、一度きりというときもあったし、何回かということもあった。お休みで工房は空っぽだったから、安心して中を見学できたということもあれば、炉の火が燃えて恐ろしく暑い中で、親方のマエストロが長い竿の先に溶けたガラスをつけて、風船のように大きくふくらませたり、長く引き伸ばして波打たせたり、編み上げたり、自在に操ってみせるのを、物陰から息を殺して見つめていた、見つからないようにとどきどきしながら、という話になることもあった。

もちろんあたしは「お話が前と違う」なんてことはいわなかった。昔のことなら記憶違いがあっても不思議はないし、おばあちゃまを悲しませるのは嫌だった。そしてお話のおしまいはいつも決まっているのだった。

戦争が始まって、おばあちゃまは日本に帰らなくてはいけなくなってしまう。なのに徒弟の彼は仕事が忙しくて、日曜日のお休みもなくなって、なかなか会うことができない。ヴェネツィアを発《た》たねばならない朝、ぎりぎり船着き場に駆けつけてくれた彼が、小さな紙包みを手渡してくれる。まだ温《ぬく》もりの残っている、それはようやく完成させたガラスのバラ、銀をまとった透明なバラだった……。

「いまここで、見せてあげられれば良かったんだけど」

なくなってしまったのよ、とおばあちゃまは悲しそうにほほえんだ。皺《しわ》のある白い手のひらをあたしの方に向けてふたつ合わせて、その上にガラスのバラを載せているようにしながら。

「今日までいろいろなことがあって、いつの間にか手元から消えてしまったの」

「なくしたの？　壊れちゃったの？」

「それもわからないの。ただいつの間にか、見えなくなってしまった。いくら大事でも、持ち続けられないということはあるものだから、仕方がないといえばそれまでだけどねえ」

「じゃあおばあちゃま、あたし大きくなったらヴェネツィアに行く。そうしておばあちゃまがなくした、透明な銀のバラを探す。そっくり同じものはなくても、似たものが見つかるかも知れないでしょ。きっとお土産に買ってくるから。ね、待ってて」

「ああ、そうねえ。あんたが大きくなる頃には、きっとだれでも外国旅行ができるようになっているわね」

「それとも、おばあちゃまも一緒に行く？　いまなら飛行機に乗れば着くんだもの、そんなに時間もかからないよ」

「まあ。飛行機は駄目だわ。酔ってしまうもの」

おばあちゃまは小さく笑った。

「それに、ヴェネツィアもわたしのいた頃とは全然違っているでしょう」

「でもきっと、フローリアンはなくなったりしないよ」

「ああ、そうね。そうだといいわね」

あたしとおばあちゃまの暮らしは、あたしが中学に上がったときに終わった。母が東京の営業所の所長になって、でもそこは都内といってもずっと西の方だったから、練馬の家から通うのは遠い。近くにマンションを買って、そちらであたしと住むという。おばあちゃまは練馬の家を処分して、熱海《あたみ》にあるケア付きのシニア・マンションに引っ越した。ずっと前からそのことはふたりの間で決めてあったというので、なにも聞かされていなかったあたしはずいぶん憤慨したけれど、どうなるものでもない。子供はいつでもなにも聞かされず、大人の都合で動かされるだけだ。

同居したといっても母は相変わらず仕事で忙しく、家事は通いの家政婦さんに任せきりで、あたしたちはずっとよそよそしい母娘《おやこ》のまま、格別そのことをさびしいとも思わないで過ごした。もともとそういう関係だったのだから、いまさらひとつ屋根の下に暮らしたからといって、いきなり親密になるはずもない。それに中学生になれば、小学生のときよりずっと学校の勉強も部活動も忙しくなってくる。あたしは高校も大学も自分で選ぼうと心に決めていたし、「勉強しなさい」などといわれない方が、子供は進んで机に向かうものだ。

熱海までは何度かひとりで出かけて、おばあちゃまの住むマンションを訪ねたけれど、それもたまのことになり、少しずつ思い出すことも間遠になっていって、高校の二年の時に亡くなったという知らせが届いた。最後まで達者で入院することもなく、風邪気味だといってほんの数日寝付いた後、眠ったまま逝ったのだという。

離れて暮らしていた人に、死に目にも会えないままそんなふうに突然死なれてしまうと、なんだか本当のような気がしなくて、悲しむというよりぽかんとしてしまう。ささやかなお葬式は熱海で済ませ、おばあちゃま自身が生前から用意していた高台の共同墓に遺骨を納めると、後はマンションの部屋を片付けるだけだ。それも荷物は多くない。練馬の家には着物の桐簞笥《きりだんす》や、本の詰まった本棚もいくつもあったと思うけれど、引っ越すときにみんな、人にあげたり売ったりしてしまったそうだ。

そういえばあたしが幼稚園のときに描いた絵とか、昔の日記帳とか、おばあちゃまが大事にしまっておいてくれたものも段ボールにいくつもあって、「持って行きなさい」といわれたけど、あたしは要らないといって置いてきてしまったのだ。自分の小さい頃の遺物に、未練があるわけじゃない。ただ、それもおばあちゃまの想い出に繋《つな》がるものだったと思うと、今頃になってなんともいえない気持ちになってくる。練馬の家には、何十年分の記憶が降り積もっていた。引っ越すことがなければ、そんなものもまだ捨てられずに残っていただろうに。

「わざわざ持ち帰らなくてはならないようなものは、なにもないわね」

仕事の延長のようにてきぱきと、机の引き出しや貴重品入れを点検していた母は、あたしの方を振り向いていった。

「アルバムくらいあるかと思ったけど、それも練馬を引き払うときにすっかり片付けてしまったみたい。どうするの。なにか形見にもらっていきたいものがある？　廃棄するものは残しておけば、こちらの管理事務所で全部やってくれるそうだけど」

「いま、決めないといけないの？」

「あんただって学校があるのに、何度も熱海までは来られないでしょう？　今月中には鍵《かぎ》を返すことになっているのよ」

「だって……」

あたしは上手《うま》いことばが見つからないまま、整理ダンスの引き出しや開きをあちこち開けては覗きこんでいた。おばあちゃまが熱海に来てからのものは、当然見覚えがないしなつかしくもない。でも、練馬の家で暮らしていたあの頃に繋がるものなら、手元に残しておきたい。一度捨ててしまったら、二度と戻っては来ないもの。そう、おばあちゃまとの想い出。あの、ヴェネツィアのお話を聞きながら、見せてもらった古い絵葉書は？　けれどいくら探しても、記憶に残っているサン・マルコ広場やリアルト橋や運河にゴンドラが浮かぶ風景の絵葉書は出てこない。

「なにを探しているの？」

痺《しび》れを切らしたように母がいう。

「ヴェネツィアの絵葉書。おばあちゃまに見せてもらった。あんなにたくさんあったのに一枚も見つからないの。おかあさんだって、知ってるでしょ？」

「ヴェネツィア？　絵葉書？」

そう聞き返した声が少し変に感じて、あたしは振り返った。あたしの後ろに立っていた母は、口元を横に曲げて笑っているみたいだった。

「知らないわよ、そんなの。かあさんが絵葉書を集めていたの？」

「だっておばあちゃまは、子供のときに、イタリアのヴェネツィアに住んでいたんでしょ？」

すると母は短く笑って、大声で言い返した。

「いやだ。そんなはずないでしょう。あの人は外国旅行なんて、したこともなかったはずよ」

「だってあたし、たくさんお話を聞かせてもらったわ。絵葉書を見ながら」

「お話って、そうよ、お話よ。本当のことじゃないわ」

あたしは目を見開いて、まじまじと母の顔を見返した。

「うそ」

「嘘なものですか。かあさんの生まれた家は普通の勤め人の家で、お金持ちでもなんでもなかったし。ただあの人は小説家になりたかったの。独身のときに『女学生の友』とか、そんな雑誌に応募して、なにか小さな賞を取って、少女小説みたいなものを何作か載せてもらったこともあったみたい。でも結婚して私が生まれて、すぐに離婚することになって、後は小説どころじゃなくなってそれっきり。だからあんたが聞かされたのはあの人の夢物語。書けなかった小説の続きみたいなものでしょ」

そういう母の顔を見ている内に、大声で泣いてやりたくなってきた。でも泣いたら負けのような気がして、泣く代わりにあたしは母を睨《にら》みつけた。母はちょっと顎《あご》を引いて、あたしに背を向けた。

「いつまでに鍵を返せばいいのか、もう一度聞いてくるわ」

とだけ言い残して出て行く。そしてあたしはなんとしても、おばあちゃまの形見、それもヴェネツィアに繋がるものをなにか見つけて持ち帰りたいと、それだけ考えて広くもない部屋の中を掻《か》き回し続けた。黄ばんだ下着を畳んだその間に、ひやりと冷たくすべらかな感触を覚え、引き抜いた手の中にあったのは、丸く平たいぼってりとしたガラスの塊。水晶のように透明なその中に、銀色の糸で編んだようなバラの花が浮かんでいる。おばあちゃまのお話、ヴェネツィアを出る日にガラス職人の彼が贈ってくれた銀のバラを、思い出さずにはいられない。

なくなってしまったといっていたけれど、本当はこうして大事にしまってあったんじゃないか。見せてくれなかったのは、大事すぎたから？ なんでもいい。こうして見つけられたんだから。戻ってきた母に「あたし、これをもらっていく」と突きつけたが、母は、へえ、というように軽く目を見張って、

「文鎮かしら。きれいじゃないの」

ヴェネツィアのガラスよ。きっと！

おばあちゃまが昔ヴェネツィアにいたかいないか、母にとっても生まれる前の話なのだから、聞いていなくたって不思議はない。おばあちゃまは自分の娘には聞かせなかった話を、あたしにはしてくれたのだと考えてなぜ悪いだろう。けれど母はまた、口元をちょっと曲げて小馬鹿にしたように笑う。

「どうかしら。うちのお客でヴェネツィアに旅行した人が、ガラスじゃなくもうひとつの名産のブラーノ・レエスを大枚はたいて買ってきたけど、それがメイド・イン・チャイナだったんですって。これもそのたぐいのお土産物じゃない？」

ひどい、と思った。おかあさん、いくらおばあちゃまが嫌いだったからって、そんな言い方ってないじゃないの。でもどうせそういったって、口喧嘩《くちげんか》になるだけだから、あたしは黙ってお腹の中で思い切り母を罵倒《ばとう》してやった。

それから五年経った。大学生活を送りながらあたしはせっせとバイトして、旅行のための資金を貯めた。大学でイタリア語の話せる友人を見つけ、あたしの語学力はあんまりアップしなかったけど、彼女が旅の道連れになってくれることになった。ヴェネツィアに行くというと母はなにかいいたそうだったけど、あたしは知らん顔をしていた。

コロナのおかげで一年半先延ばしになっていた旅行が、ようやく行けるとなって、友人と旅先の予定を確認していて、そこで喧嘩になってしまった。彼女がふいに思いついたという調子で、「あなたのおばあさんって何年の生まれだったの？」と訊《き》いてきたのだ。五年前に七十五歳で亡くなったというと、

「じゃあ今年生きていらしたら八十歳、つまり一九四三年生まれということね」

「うん、そうかな」

「だとすると、おばあさんのお話はやっぱりフィクションかも」

あたしは驚いて、どうして？　と聞き返す。

「だっておばあさんがヴェネツィアにいて、ガラス職人の彼と恋をして、戦争があって帰らなくてはならなくなったのが、何年のことかわからないけれど、例えば二十歳のときだったとしたら一九六三年？　でも第二次大戦の後は、日本もイタリアも戦争らしい戦争はしてないわよ」

冷静になってみれば、友人のいうことは少しも間違っていなかった。でもあたしは、ようやくヴェネツィアに行ける、おばあちゃまのお話の憧《あこが》れの街を見て、ガラスの文鎮と似たものを探せるって舞い上がっていたのに水を差されたようで、腹立たしくて、そのことばを全然素直に聞くことができなくて、

「わかったわよ。もうあんたとなんか一緒に行けない！」

「結構よ。好きになさいよ」

気がついたら喧嘩別れしていた。カッカして家に帰って、でも出発は明日だ。スーツケースはもう空港に送ってあるし、機内持ち込みのバッグだけ確認していたら、珍しく母が八時前に帰ってきた。餞別《せんべつ》でもくれるのかと思ったら、こちらと視線を合わせないまま、気兼ねしているような小声で、

「あのかあさんのところにあったガラスの文鎮、やっぱりヴェネツィアのものではないらしいわよ」

という。

「中野《なかの》の商店街に小さな骨董屋《こっとうや》さんがあって、そこの店頭にガラスのものがいくつも飾ってあったから、お店の人に写真を見てもらったの。写真だけじゃ確かなことはわからないけど、そんなに古いものには見えないし、ヴェネツィアではこういうものは作っていないだろうって」

あたしは「なによ、それ」と、とげとげしい声で聞き返した。

「おかあさんは自分の母親のことばは信じないで、そんな怪しげな店のおっさんがいうことは信用するわけ？」

「おっさんじゃないわ。きれいな銀髪の品のいい老婦人で、お店も小さいけどちゃんといいものを揃えてある感じだったわ」

母の返事にも、あたしは腹立たしさしか覚えられない。

「なにもいわずに勝手に写真なんか撮って、なんでそんなことするの。それほどあたしをヴェネツィアに行かせたくないの？」

「そんなこといってないわ。ただ、あなたががっかりするだろうと思って」

「ほっといてよ。お節介焼かないで！」

あたしは大声を張り上げていた。

「子供のときからずっと、おばあちゃまに任せきりでいたのに、いまさらあたしのすることに口を挟まないでよ。おかあさんなんか大嫌い！」

母は答えなかった。ただ表情を止めたまま、こちらを見ていた。けれどあたしはそれきり翌朝家を出るときも、「行ってきます」のひとこともいわなかった。胸の中にそのことが、トゲのように刺さって消えないのは意識していたけど、思い出せばやっぱり腹立たしさの方が大きくて、悪かったという気持ちにはなれない。

母に悪意がなかったことはわかっている。純粋にあたしのことを心配しての行動だろう、というのも疑うつもりはない。初めての海外旅行、それもツアーではない。母は友達とふたりだと思っているが、それもひとりになってしまった。だけど出発の前の晩になって、おまえの計画にはなんの意味もない、おまえが信じたおばあちゃまの話はただの夢物語だよ、といわれて感謝するのは無理だった。

「口の咎《とが》……」

いつかおばあちゃまから聞いたことばが、水面にぽこっと泡が浮かぶように胸に浮かんできた。感情にまかせて吐き出してしまったことばは、投げつけた相手以上に、口にした自分に返ってくる。その取り返しのつかなさで、思い出すほどに繰り返し幾度でも胸に刺さる。

でもそれだからって、ごめんなさいと謝れるかといえばいえやしない。おばあちゃまとあたしが一緒に過ごした時間、想い出、あの幸せな記憶を、ただの夢だといって否定することはできない。

それでも、胸に刺さったトゲは痛い――

（もうあんたとなんか一緒に行けない！）

（おかあさんなんか大嫌い！）

憧れの街に着いても、あたしにはいわば悪運がついて回っていた。ホテルはサン・マルコ広場からあまり遠くないところにあったけど、よくもこれで客を泊められるといいたくなるような薄汚れた建物で、部屋はベッド二台と机と椅子が一脚でいっぱいという狭さの上、ひどく湿っぽくてかび臭い。洗面台からは下水の臭いがする。

従業員はだれも無愛想で、あたしが下手な英語で話しかけてもわからない、というように無言で首を振られてしまう。ひとりだけ嫌に愛想がいいというか、馴《な》れ馴れしい様子の若い男は、「ムラーノ島のガラス工房見学ツアーがある。職人の仕事がすぐ近くで見られて、直営の販売店には日本人の店員がいるから安心」という。高い買い物をさせられることがある、というのは聞いていたけれど、それは勧められても断ればいいだけのことだし、日本人がいるならおばあちゃまの文鎮を見せて出所を尋ねられるだろう。

でも、そこでもあたしを待っていたのは失望だった。煉瓦《れんが》造りの天井の高い工房はいかにも伝統にふさわしく思えたし、長い竿《さお》を操る手際は曲芸のようだった。けれどショップの店員はガラスの大きな玉のネックレスとイヤリングを着けた厚化粧の日本人女性で、熱心に勧めるワイングラスとデカンタのセットに、あたしが少しも買い気を見せないと、これは駄目だと思ったらしく、態度が一変した。取り出して見せたおばあちゃまの文鎮を、手にも取らず鼻で笑った。

「どこのもの？　さあ、わかりませんね。中国の大量生産品じゃないかしら」

あたしはその場で店を出た。ムラーノ島の中にあるガラスの博物館に入り、それから通りに沿って並ぶ店の飾り窓を片端から覗《のぞ》いて歩いた。話しかけてくる店があれば、あの文鎮を取り出して見せた。でも返ってくることばでわかるのは、

「チーノ、チーノ」

中国というそれだけだ。ムラーノ島だけでなく、ヴェネツィア本島でもあちこちにあるガラス屋を意地になって巡り歩き、そしてなんの得るところもなく、心から疲れ果てた。おばあちゃまのお話のもうひとつ、カフェ・フローリアンにも何度も足を運んだけれど、サン・マルコ広場という、ヴェネツィアでも一番の観光スポットにある最古のカフェは、いつ行っても観光客で埋まっていて、店の前にはグループ客が空席待ちの列を作っている。

おまけに店から出てきて対応する白い上着の店員が、あたしの顔を見るたびに変な片言の日本語で声をかけながら媚《こ》びたように笑う。おばあちゃまが話してくれた『貴族のお宅の使用人』とは、あまりに違いすぎる。垣間《かいま》見えた店内のインテリアは昔のままみたいだったけど、ツアー客が押し寄せて客層が変わってしまったのだとしたら、チョコラータ・コン・パンナの味も昔のようだとは思いにくい。

一週間の予定も明日で終わりだった。あたしは脱力していて、最初は目を見張ったヴェネツィアの風景にも心は少しも動かなくなっていた。もう早く帰りたい。帰っておばあちゃまの話は、記憶の箱にしまって蓋《ふた》をして、心の隅に押しこめてしまう、それしかない。ぼんやりそんなことを考えながら、広場から東へ、ホテルの方へ歩いていたら、ふいに人混みの中に入りこんでしまった。そこはドゥカーレ宮殿の前を過ぎた橋の上で、溜息《ためいき》の橋と呼ばれる橋が向こうに見える。その橋を背景に記念写真を撮ろうとする人で、そこだけが混み合っているのだ。

いきなり話しかけられた。カメラを突き出しているのは、きれいな金髪の可愛らしい女の子だ。あたしより少し若い。シャッターを押してくれ、といっているらしい。そこに立つから、少し下がって。あたしは「OK」とうなずいて、ファインダーを覗いた。でも他人のカメラはよくわからない。上手《うま》く撮れたかわからなかったけど、その子はニコニコしながら「サンクス」とカメラを受け取って踵《きびす》を返す。

小さな親切をしたことに少し気分が良く、あたしも歩き出して、人混みを抜けたところでなにげなく視線を下に向けてギョッとした。ウェストポーチのファスナーが少し開いている。いつも気をつけて、きっちり最後まで引いていたのに。だれかと身体が当たって引っかかったのかも。それ以上のことがあるはずがない。お財布はこの中の、マジックテープで閉じたポケットに入れてある。

引き出すとそれは空になっていた。いままでなにも買い物らしいものはしないできたから、空港で替えた四〇〇ユーロがそっくりそのまま残っていたのだ。ほんの三十秒ばかりの早業だ。つまりあたしがファインダーを覗いている間に、財布の中身をすられた。両手は上にあげるし、目はカメラで塞《ふさ》がれる。カメラを渡してきた女の子は、当然スリの共犯だ。無駄と承知で、女の子が立ち去ったサン・マルコ広場の方へ行ってみたけど、それらしい姿は見えない。

幸い一文無しになったわけじゃなかった。日本円を入れたもうひとつの財布は、クレジットカードと一緒に身につけていて、これは無事だった。出し入れしやすいからといって、ウェストポーチにまとまった金額を入れておいたあたしが馬鹿なのだ。でも、微笑みながらカメラを渡してきた少女の愛らしい顔を思い出すと、胸がむかついて身体が冷たくなってくる。人の厚意につけこむ遣《や》り口には、嘲笑《ちょうしょう》とともに正面から泥を浴びせられたような、最低の不快感しかない。

あたしはふらふらと、広場の中を歩いていた。もうなにもかもどうでもいい。スリに遭って空っぽにされたのは、財布というよりはあたしの心だ。いや、ヴェネツィアという観光地に裏切られ、子供の頃から真実と信じて大事にしてきた物語を踏みにじられたのだ。敷石の上に落とされて、粉々に砕け散るガラス細工のイメージが心に浮かぶ。それともこれはなにかの罰だろうか。悪いのはあたしなのか。友人と母を傷つけた『口の咎《とが》』の報い？

気がつくと、これまで何度も足を運んだカフェ・フローリアンの前に来ていた。皮肉なことにというべきだろうか、今日は行列はできていなかった。あたしはぼんやりとしたまま店内に入り、ガラス絵の壁の下に作り付けられた赤いビロードのソファに腰を落とした。やってきたのはむっつりとした顔の、頭の禿《は》げ上がった老給仕で、

「チョコラータ・コン・パンナ、ペル・ファヴォーレ」

「Si, Signorina」

カタカナで覚えたイタリア語が通じた。見回すと、これまで覗き見たときと較《くら》べて店内は空《す》いていて、騒がしい話し声もない。昔おばあちゃまが話してくれたとおり、低い天井からは花の形のシャンデリアがきらめき、壁は鏡とガラス絵で埋め尽くされて、古びたお客間のように見える。少なくとも、それだけはあたしが想像していたそのままだ。

おばあちゃまが話してくれたヴェネツィアと、いまここにある現実のヴェネツィア。それはなにもかも違っているわけじゃない。多すぎる観光客や喧噪《けんそう》を差し引いてみれば、空の色や海の輝きは、おばあちゃまのお話を聞きながら小さなあたしが思い浮かべたのと、ほとんど変わらないといっていい。

お話と一緒に見せてもらった絵葉書は、どれもずいぶん古びていた。おばあちゃまが子供のときに、だれかその絵葉書をくれて、ヴェネツィアのことを教えてくれた人がいたのかも知れない。そして時が流れ、今度はおばあちゃまが語り手になった。記憶と想像を綴《つづ》り合わせて、小さなあたしを楽しませてくれるための、子守歌代わりのおとぎ話として、若いガラス職人と女の子の淡い恋の物語を。

けれどおばあちゃま、とあたしは言い返さずにはいられない。おばあちゃまが亡くなる頃には、あたしはもう高校生だった。昔聞かせてくれたのは本当じゃなかった、お話だったと、教えてくれてもよかったんじゃない？

でもおばあちゃまがそういったら、あたしはどんな顔をしてどう答えただろう。なあんだ、そうだったの？ と笑えたろうか。がっかりしたり、腹を立てたり、悲しんでみせたりしなかったといえる？ 友達やおかあさんのことばを受け入れられなかったみたいに、おばあちゃまに向かって、後で悔いずにはいられないようなことばを、投げつけることは絶対になかった？

ほどなくあたしの前に、楕円形《だえん》の銀のお盆が置かれた。上に載っているのはガラスの水差しと、畳んだ紙ナプキンを入れたコップ。そして銀のスタンドに入れた思ったより丈の高い器には、ホイップクリームがたっぷりと絞り出されて、盛り上がって、Florianという文字の入った薄焼きのクッキーが挿さっていたけれど、そのクリームの形はどう見ても、バラではなかった。

まぶたの間から涙が溢《あふ》れ、頰を伝っていく。あたしはチョコラータを前にしたまま、ただ泣き続けた。おばあちゃまがくれた、最後の夢が溶けて消えていく。そして、なつかしい声が耳の中によみがえる。

——ごめんね——

と。それは時の彼方《かなた》から、いまのあたしに向かって、届けられたことばのような気がした。

「おかあさん、どうしたの？」

あたしは思わず大声を上げている。羽田《はねだ》空港の到着ロビー。税関検査を通って出て来たそこに、母が立っていた。いつもの勤めのときと同じ、かっちりしたスーツを着て踵《かかと》の高いパンプスを履いている。

「これから出張？」

いや、そんなはずはない。これまで国内出張は珍しくなかったけれど、海外にまで出かけたことはないし、第一ここは到着ロビーだ。

「迎えに来たの」

帰る日はいってあったけど、便名や時間までは話さなかった。でも、喧嘩《けんか》別《わか》れした友人から連絡があって、そのとき帰りの便名を聞いたのだという。

「でもなんで？　ちゃんと帰るよ」

相変わらず無愛想な返事しかできないあたしに、母は驚くようなことをいった。

「あんたに、謝らなくちゃと思ったから」

「謝る？　なにを？」

「いろんなこと。小さいときからかあさんに預けっぱなしで、ずっとさびしい思いをさせてきて、一緒に暮らすようになってからも、ちっともコミュニケーションを取らないできたわね。いまさらだと思うけど」

あたしはうなずいた。

「うん、すごくいまさらだと思う」

「容赦ないわね」

母は苦笑した。

「もう遅いといわれたら、仕方ない。それでも、ね」

「なにか、あったの？」

「かあさんの女学校時代の友達だったっていう人から、手紙が来たの。亡くなったのも知らなかったからって、お悔やみの文面」

「その中に、なにか書いてあった？」

「いろいろよ。その頃から作家になりたいっていって、ふたりでリレー小説を書いていて、中にはヴェネツィアを舞台にした話もあったとか」

ああ、やっぱりとあたしは思う。

「それで、私もあの人のことはなにも知らなかったのかも、と思ったから」

母はことばを止めて口ごもる。

「じゃあさ、ひとつ聞くけど、おばあちゃまがおかあさんを怒らせた、口の咎《とが》ってなに？」

はっ、と息を呑《の》んだようだった。その顔でわかった。母はまだそれを忘れていない。でも口から出たことばは正反対で、

「そんなの、疾《と》うに忘れてしまったわ」

「当ててみようか。子供なんて持たない方がいい、おまえが苦労するだけだ。おまえは子育てには向いてない。そんなのじゃない？」

母は答えない。でも強張《こわば》った顔が青ざめている。

「ひとりで働きながらおかあさんを育てて、自分が嫌というほど苦労したから、それでおばあちゃまはそういったんだよね。そのために、小説を書き続けるのも諦《あきら》めて、働かなくちゃならなかった。でもおかあさんは、そういわれて怒ったんでしょ。許せないって思ったんでしょ？」

「――ええ」

「それでもおかあさんはあたしを産んでくれた。おばあちゃまはおかあさんの代わりにあたしを育ててくれた。精一杯甘やかして、すてきな夢物語を聞かせてくれて」

「悔しかったのよ」

目を伏せたままつぶやくようにいった。

「かあさんにあんたを預けて大丈夫だろうか、辛《つら》く当たられたりしてないだろうかって心配だったのに、あんたはいつの間にかすっかりかあさんになついて、かあさんの味方になっているんだもの」

あたしに聞かせてくれたヴェネツィアの物語は、いつかおばあちゃまにとっても大事な、事実ではなくても真実になっていたのかも知れない。書くことができなかった小説の代わりに。それをガラスを壊すように、本当のことではありませんでした、とはいいたくなかった。逆にどこかで見つけて買い求めたガラスの文鎮を、あたしにも見せずに大事にしまって持ち続けていたのだ。

あたしが子供の単純さ、信じやすさで、おばあちゃまの物語を信じることが、おばあちゃまにとっても救いだった。そう思いたい。現実のヴェネツィアは、おばあちゃまのお話ほど素敵ではなかったけれど、行けて良かったと思う。行かなかったらあたしはずっと、夢と現実の間でどっちつかずのまま、本当のことに気づかずにふらふらと揺れていただろう。

「おばあちゃまはきっと心の中で、本当でなくてごめんっていっていたと思う。だからおかあさんも、もうおばあちゃまを赦《ゆる》してあげて」

たぶん母の中では、とっくに赦していたのだろうけれど。

「ひとつだけ残念なのはね、カフェ・フローリアンのチョコラータ・コン・パンナが、夢見たほどは美味《おい》しくなかったってこと。でも空港の売店でチョコレートを買ってきたから、おばあちゃまのやり方を思い出して淹《い》れてみることにする。きれいなバラの花を絞り出すのは、難しいだろうけどね」

夢は夢。

それでも。

母とふたりで飲むチョコラータは、きっと夢の中のそれよりも、甘く口に溶けるだろう。

旅の理由

松村比呂美

松村比呂美（まつむら・ひろみ）
一九五六年、福岡県生まれ。二度にわたる「オール讀物推理小説新人賞」最終候補を筆頭に、多数の公募文芸賞で入賞。二〇〇五年『女たちの殺意』でデビュー。主な著書に『幸せのかたち』『恨み忘れじ』『鈍色の家』『終わらせ人』『キリコはお金持ちになりたいの』『黒いシャッフル』など。

空が青い……。

目を開けて、まずそう思った。

遮るものが何もない。ここは外なのか……。

上半身を起こすと、ずきんと頭が痛んだ。

飲み過ぎて外で寝てしまったのだろうか。

ゆっくりと周りを見渡した。

テトラポッドが並んでその先にきれいな海が広がっている。

漁船が見えるから漁港なのだろうが、どこなんだ。

まさか記憶をなくしたわけではないだろうなと思い、自分の名前を口に出して言ってみた。

「坂本瑛太《さかもとえいた》、二十二歳」

福岡の住所も携帯の番号もすらすらと言えた。

しかし、いくら目をこらしても知らない風景だ。

立ち上がると、また頭が脈打つように痛んだ。

海風が冷たい。

ダウンジャケットの右ポケットにスマートフォンが入っていたが、頭がぼうっとして、うまく操作ができなかった。

少し先に、小型漁船に乗って網を片付けている人がいる。

注意しながらゆっくり歩いていくと、「おう、あんちゃん」と向こうから声をかけられた。

「あの、ここはどこでしょうか」

瑛太は漁船に近づいて訊《たず》ねた。

「おもしれーごと聞ぐなぁ。さっき、散々話したじゃねーが」

六十代に見える漁師さんは、網を置いて不思議そうに瑛太を見ている。

「防波堤で目を覚ましたんですけど、どうして自分がここにいるのかわからないんです。ここはどこでしょうか」

もう一度同じ質問をした。

「三沢《みさわ》だよ。青森県三沢市。からがってんのが？」

漁師さんに言われたので、慌てて首を横に振ったら、眩暈《めまい》がしそうになった。

頭の後ろを触ると、手にべっとりと血がついた。

赤黒い血を見て、ふっと気が遠くなりそうになる。

「なんだ、あんちゃん、頭から血が出てんじゃねーが。すぐに病院さ行げ。いや、救急車だ。救急車」

漁師さんは、漁船から岸に跳び移ると、ジャンパーのポケットから携帯を取り出した。119に電話するようだ。

瑛太は手についた血をジーパンでぬぐい、スマホに登録している母親の名前をタップした。

「旅行先から電話してくるなんて珍しいわね。何かあった？」

普段と変わらない母の声が聞こえてきた。

「おれ、旅行してたの？　青森県三沢市に？」

「なに言っているの？」

「いや、防波堤で転んだのか、目が覚めたら三沢の漁港にいて、わけがわからないんだ。頭から血が出てるみたいだし。今、近くにいた漁師さんが救急車を呼んでくれてる」

「ええっ！　頭を怪我しているの？　すぐにそっちに行くから。病院の名前を教えて」

母の声が緊張している。

すぐにくると言っても、福岡から青森までは何時間もかかるだろう。

「どこの病院に行くのかわからない。漁師さんに代わるから」

母ですと言って、スマホを漁師さんに渡した。

「大丈夫。救急車に付き添っていぐがら。どこの病院かもあとで連絡するがら。おれの名前が？　小比類巻《こひるいまき》だよ。三沢にはごろごろいる名字《みょうじ》だけどな」

漁師さんは、自分の名前を母に説明して、携帯の番号も教えている。

どうやらおれは、小比類巻さんに付き添ってもらって病院に行くらしい。

小比類巻はかっこいい名前なのに、ここではよくある名字なのかと、瑛太はぼうっとした頭で考えていた。

「親方、今、戻りました」

小比類巻さんからスマホを受け取ったとき、顔が小さくて手足が長い、瑛太より年下に見える男性がこちらに歩いてきた。

どこかで会ったことがある気がする。

そう思うのも頭を打ったせいなのだろうか。

「おう、ケイスケ。今日は東京の大学じゃねがったのが」

「講義が終わったので、すぐに飛行機に乗りました」

「ちょうどいがった。あんちゃんが頭打って怪我してんだ。救急車呼んでるがら、ケイスケが付き添っていげ。おれは網を片付けてしまうがら」

「わかりました。帰りの足がないと困るから、車で救急車についていきます」

ケイスケと呼ばれた大学生が、離れた場所に止めている青い軽自動車に向かって走っていった。

「消毒液を持ってくるがら待ってろ」

小比類巻さんは船に戻って、タオルと消毒液を持ってきた。

タオルに消毒液をしみ込ませて、瑛太の頭の傷を見ていたが、素人が触らないほうがいいと思ったのか、手を拭《ふ》くようにと、そのタオルを渡してくれた。

「すみません」

血のついた手を拭いたあとで、ジーパンの血もこすってみたが、取れそうになかった。

小比類巻さんは、車を持ってきたケイスケに、これからどうするか指示している。

「自分が網を片付けてもいいですけど」

ケイスケが漁船のほうを向いた。

「いや。網の修理もあるがら、まだ弟子には任せられねな」

どうやらふたりは、親方と弟子という関係らしい。

顔立ちも話し方も都会っぽい雰囲気のケイスケは、大学を出てから漁師になるのだろうか。

「そういえば、あんちゃんの名前、まだ聞いでねがったな」

小比類巻さんが、瑛太のほうを向いた。

日に焼けた精悍《せいかん》な顔立ちで、これぞ漁師、という逞《たくま》しさを感じる。

「坂本瑛太です。坂道の坂に本《ほん》、瑛《えい》は、王へんに英語の英で、太《た》はふといです」

何も忘れていない。名前の漢字を聞かれたときの説明も、いつもの通りに答えられた。

それなのに、なぜ卒業旅行に三沢の地を選んだのかまったく思い出せないのだ。

小比類巻さんは、ケイスケがきて安心したのか、瑛太が握りしめていた血のついたタオルをさり気なく取って、漁船に戻った。網の修理をするのだろう。

「車の中で待っていましょう」

ケイスケに促されて軽自動車の助手席に座った。車内が暖まっており、緊張がほぐれていくようだったが、頭痛は続いている。

「坂本さんは、頭を打って記憶がなくなったんですか」

「いや。昔のことは覚えているし、小比類巻さんが救急車を呼んでくれたり、母親と話したりしたことも覚えている」

「じゃあ、新しい記憶が更新されないというわけじゃないんですね。よかったですね」

ケイスケは切れ長の目をさらに細めた。

確かに、これから起きることをどんどん忘れていったら大変だ。そういうドラマを見たことがある。

「就職が決まって、年が明けたら内定者研修が始まるから、その前に旅行しようと思っていたんだけど、気が付いたらここにいたんだ」

「なんだかワープしたみたいですね。ドラマとか映画では記憶喪失の人がよく出てきますけど、本物は初めてです」

ケイスケが珍しそうに瑛太を見ている。

「おれの周りにもいないよ。頭を打って記憶がなくなるなんて、作りごとだと思っていたくらいだからね。目が覚めたら自分がどこにいるのかわからないというのは、なんとも不思議な感覚だよ」

「そうでしょうね。福岡から青森までワープしたみたいですよね。ワープしたんじゃなかったら、坂本さんは、ここまでどうやってきたんでしょう」

ケイスケは、何度もワープという言葉を使った。

確かに、ここまでどうやってきたのだろうか。

ダウンジャケットのポケットをさぐると、財布とレンタカーのキーが入っていた。きっと、ホテルに荷物を置いて、財布とスマホだけを持ってレンタカーで出かけたのだろう。でも、その車をどこに止めたのかもわからない。

財布の中には免許証と保険証、ホテルのカードキーも入っていた。

「レンタカーでここまできたみたいだけど、どうしたらいいんだろう？　ホテルはここを取っているみたいだ」

ケイスケに、ホテルのカードキーとレンタカーの鍵《かぎ》を見せた。

「お母さんがきてくれるんですよね。でも、福岡からだと、到着は今夜になると思います。ホテルに事情を説明して、自分が荷物を病院に運びますよ。入院ということになったら、レンタカー会社に連絡して、車を引き取りにきてもらえばいいですし。鍵を預かっておきましょうか。お母さんの携帯の番号も聞いたから、病院が決まったら、連絡して相談します」

ケイスケは、状況の飲み込みが早く、頼りになる。

「何から何まで申し訳ない」

瑛太は、ホテルとレンタカーの鍵を渡した。

「こっちこそ、いろいろ質問してすみません。安静にできないですね。あまり話さないほうがいいかもしれません」

「いや、話していないと不安なんだ。もしかして、いろいろなことを忘れてしまうんじゃないかと思ってね。ケイスケ君は何年生？　小比類巻さんが弟子だと言っていたけど、大学を卒業したら漁師になるの？　それともアルバイト？」

「自分は海洋系の大学の二年生です。実習や研修でいろいろな漁場に行きました。実際に漁を体験させてもらって、漁師という仕事に憧《あこが》れるようになったんです。魚が獲《と》れて楽しいばかりじゃありません。早朝や深夜からの出航も多く、凍《い》てつく寒さにも耐えなければなりませんし、忍耐力も必要です。海が荒れたときに、どれだけ吐いたかしれません。でも、水揚げのときの達成感は、何にも代えがたいものがあります」

ケイスケは漁の様子を熱っぽく語り始めた。

「でも、細い体で大丈夫なの？　体力が必要だよね」

自分でも意地の悪い質問だと思いつつ、口に出してしまった。

ケイスケは、反論せずに、黙ってジャンパーを脱いだ。

「すごいな。鍛えてるんだ……」

盛り上がった筋肉がシャツの上からでもよくわかった。

厚手のジャンパーだと思っていたが、ケイスケの筋肉だったようだ。

「ほかの漁場で実習したときに、ひょろひょろしたお前に何ができるんだと言われました。どこの漁場でも、事務方に回ったほうがいいと言われていた中、小比類巻さんは、最初から、本気で漁を教えるからと言ってくれました。体を鍛えようと思ったのはそれからです」

ケイスケは、オンライン授業は自由が利くので、小比類巻さんに漁を教えてもらいながら、単位も取得できるのだと淀《よど》みない口調で言った。

瑛太も、オンライン授業での単位取得の上限が緩和されて助かったひとりだ。

「実践もですが、机上の授業もとても重要です。命にかかわりますから、海のことは何でも知っていたいです。経験を積めば積むほど、自分がしたい仕事はこれだと思うようになりました」

ケイスケがきっぱり言い切ったのと、救急車のサイレンが聞こえてきたのが同時だった。

「あんちゃん。気を付げるんだぞ」

小比類巻さんも漁船から岸に上がってくれた。

「ありがとうございます。改めてお礼に伺います」

「そっだことは気にすんな」

小比類巻さんに見送られて救急車のドアが閉まった。

救急隊員に、傷の手当てをされたり、吐き気がないかなどの問診を受けたりして、血圧や体温なども測られた。病院に着いてから、頭と腰のＭＲＩを撮られて、担当医から、脳と腰には異常がないという説明を受けた。

「脳外傷による記憶障害はよくあることでね。何年もの記憶が飛ぶ人もいるし、数時間だけ抜け落ちてしまう人もいる。あなたの場合は半月ほどのことみたいだから、記憶が戻らなくても、生活にはそんなに支障はないでしょう」

医師は楽観的だった。

「記憶が戻らないこともあるんですか？」

「戻らないかもしれないし、一部戻るかもしれない。全部戻るかもしれない」

医師は、心配いりませんよ、様子を見ましょうと言って、病室から出て行った。

その言葉を聞いて安心したせいか、猛烈な眠気に襲われ、そのまま深い眠りに落ちていった。


「目が覚めた？　気分はどう？」

薄目を開けると、母が瑛太の顔を覗《のぞ》き込んでいた。

「きてくれたんだ」

上半身を起こしても、頭痛はしなかった。後頭部の傷は、医療用のホッチキスで縫っただけで済んだ。

「MRIの結果も、心配ないそうで安心したわ。記憶障害についても詳しく説明してもらったけど、瑛太の場合は、脳外傷によって、過去の記憶の一部が抜け落ちてしまったエピソード記憶障害なんですって」

母は、遅くまで残っていた医師から説明を聞けたようで、記憶障害には、過去の記憶をなくしてしまう逆行性健忘と、新たに記憶することが難しくなる前向性健忘があるということなど、医師から教えられたことを詳しく話してくれた。

「三沢に着いてから、小比類巻さんと電話で話したんだけど、瑛太は、防波堤で転んで頭を打つ前に、何が獲れるんですかとか、いろいろ質問したみたいよ。小比類巻さんは、瑛太が卒業旅行で福岡からきたこともご存知だったし」

少し前に話したばかりの瑛太が戻ってきて、ここはどこかと尋ねたのだから、小比類巻さんは驚いただろう。

「ホテルやレンタカーは、小比類巻さんのお弟子さんのケイスケさんのお世話になってね。瑛太が泊まる予定だったホテルをそのまま私が使わせてもらうことになったのよ。レンタカーも、瑛太が借りていた車をケイスケさんが捜してくれて、私が契約しなおして使うことにしたの。タイヤはスタッドレスで雪が降っても安心だしね。日曜日は漁がお休みだそうだから、改めて、小比類巻さんとケイスケさんに会いに行ってくるわね。今日はバタバタして、ちゃんとお礼もできなかったから」

母は、福岡空港で搭乗手続きを済ませてから、小比類巻さんとケイスケに渡そうと、福岡の名産を持てるだけ買って飛行機に飛び乗ったらしい。

スマホの充電をしたほうがいいのではないか、喉《のど》が渇いていないか、何か欲しい物はないかと、母は瑛太の世話を焼きたがった。

個室じゃなくてもよかったのにと思ったが、個室しか空いていなかったようだし、母の動き回る様子を見ていると、個室でよかったような気がしてきた。

「もう遅いからホテルに帰ったほうがいいよ」

窓の外はすっかり暗くなっている。

「ホテルは病院から近いから大丈夫よ。今日は時間外の面会も許可してもらっているから。それに、入院した日だから面会できたけど、特別な事情がない限り、あとは退院の日しか会えないそうなの。ホテルにコインランドリーがあるから、そこで洗濯して、着替えとかは受付に預けるからね。一応、この棚に二日分の着替えは入れているから」

母は、ベッド横のロッカーを開けたり閉めたりした。

「だったら、母さんは、明日《あした》、福岡に戻っていいよ。おれ、歩けるんだし、病院にもコインランドリーがあるんじゃないかな。医者が大丈夫だと言うんだから、退院許可が出たら、ひとりで福岡に帰れるから」

ベッドから降りて、しっかり歩けるところを母に見せた。

「何を言ってるの。頭を打って覚えていないこともあるんだから、ひとりで帰らせるわけにはいかないわよ。職場にも一週間の休みをもらってきているんだから」

おとなしく寝ててと、瑛太は、無理やりベッドに戻らされた。

「一週間も、よく休みがもらえたね」

介護施設で副施設長をしている母は、スタッフに感染症対策を徹底するようにと言っている手前、自分に最も厳しく、旅行どころか、友人と食事にさえ行っていない。ウイズコロナと言われるようになって規制が緩和され、みんなが外食したり旅行したりするようになってからもそれは変わらず、さすがに息抜きが必要ではないかと心配になっていた。

「瑛太から電話があったのがお昼休みだったから、一緒に休憩していたスタッフが、早く息子さんのところに行ってくださいって言ってくれたのよ。施設長も、看病に専念するようにと送り出してくれたの。お父さんの会社に連絡したら、家の心配はいらないから、瑛太のことを頼んだぞって、珍しく頼りになることを言ってくれて。心配しなくていいというんだから、一度、やってもらおうと思っているのよ。ゴミ捨てもしたことがない人がどこまでやれるかしらね」

母は、ふふっと笑った。

「母さん、なんだか楽しそうだね」

「瑛太が怪我をしているのに、楽しいわけないでしょう? こっちに着くまで、不安で仕方なかったんだから。先生に心配いりませんと言われて、全身の力が抜けたもの」

母は、大げさに胸をなでおろす仕草をした。

「それで、明日からは三沢を観光するわけか」

茶化したが、仕事のことも家のことも心配せずに、一週間、東北に滞在することなど、これまでの母には考えられなかっただろう。

「せっかくだから、息抜きしたらいいよ。休みも減らして頑張っていたから、倒れるんじゃないかと心配だったんだ」

本音を言うと、母が体を硬くしたのがわかった。

目に涙がたまっている。

「おれは、どうして三沢を旅行先に選んだんだろう」

慌てて話を逸《そ》らすと、母は、横を向きながら目尻《めじり》にたまった涙を指で拭《ぬぐ》った。

「三沢は米軍が駐留しているし、航空自衛隊の三沢基地もあるから、飛行機が見たかったんじゃないかしらね。瑛太は子供の頃、飛行機が好きで、パイロットになるんだって言ってたくらいだもの」

母は、三沢駅で市内の地図をもらい、瑛太の目が覚めるまでの間、地図に書かれていた市内の案内を見ていたという。

母に言われて思い出したが、瑛太は、大きくなったら何になりたいかと聞かれたとき、いつもパイロットになると答えていた。作っていたプラモデルも飛行機ばかりだった。米軍にしか配備されていないジェット戦闘機が飛んでいるのを見たかったのだろうか。

「地図に書いてあったんだけど、世界で初めて太平洋を無着陸横断したミス・ビードル号は、三沢の淋代《さびしろ》海岸から飛び立ったんですって。ロマンがあるわよね。三沢航空科学館というのもあって、操縦のシミュレーションもできるみたい。きっと瑛太も体験しようと思っていたんでしょうね。お母さんが行って、LINEで写真を送るから」

母は、ベッドの上に地図を広げた。

別にいいよ、と言いそうになって、「代わりに見てきて」という言葉に変えた。

「着替えた下着とかパジャマはこの袋に入れて看護師さんに渡してね。メモに小比類巻さんとケイスケさんの電話番号を書いてるから。小比類巻さんって、本当に優しい方ね。ケイスケさんは若いのにしっかりしてるしね。アイドルの誰かに似てるわよね」

誰かって誰なんだと思ったが、瑛太も、ケイスケを見て、どこかで会ったことがあるような気がしたのだ。アイドルの誰かに似ているのかもしれないが、今はまだ自分の記憶に自信がない。

母は、名残《なご》り惜しそうに病室を出ていった。

ケイスケは「圭佑」と書くのか、とメモを見ながら思う。

自分がしたい仕事はこれだと言い切っていた圭佑の顔が頭に浮かんだ。

漁師になるために鍛えたという太い腕も思い出す。

瑛太は、なんとか製薬会社に就職が決まってほっとしていた。

薬に興味があったわけではないが、大手の製薬会社に就職ができたことは嬉《うれ》しかったし、面接官たちは、みんなきちんとして、仕事に誇りを持っているように見えた。

夢を叶《かな》えるとか、したいことを仕事にするという意識はなかった。

いつ頃から、パイロットになりたいと言わなくなったのだろうか。小学生の頃までは本気でパイロットになるつもりだったと思う。それが単なる夢だと思い始めたのは中学に入った頃だった。

成績はそこそこよかったが、ずば抜けて優秀というわけではなかったし、スポーツも、ある程度はできたが、部活で汗を流すという熱意はなかった。コンビニでアルバイトをして、卒業旅行の費用くらいは自分で出せるほどの貯金もでき、就職も決まって、それでよしとしていた。それなのに、圭佑と会ってから何かモヤモヤしている。忘れていることがあるのに、思い出せないもどかしさが増すばかりだ。

医師に、あまり長時間使わないほうがいいと言われたスマホだが、母が、ロマンがあると言っていたミス・ビードル号について検索してみた。どうして三沢の海岸から飛び立ったのかと不思議だったのだ。

リンドバーグが、大西洋横断無着陸飛行に成功したことを機に、長距離飛行に賞金がかけられるようになり、大正《たいしょう》から昭和《しょうわ》のはじめは、世界的に冒険飛行の全盛期だったらしい。

そんな中、飛行士のパングボーンとハーンドンが三沢を飛び立つ場所に選んだのは、偏西風の影響で日本から東へ飛ぶルートが最短だったことや、淋代海岸は粘土と砂鉄が混じった砂浜で、硬い地盤が滑走路に最適だったからだと書かれていた。

何度も失敗したにもかかわらず、三沢の村民は、五回の挑戦すべてに、滑走路の整備や宿舎の提供などを無償で援助したという。

昭和恐慌や凶作飢饉《ききん》など、生活が困窮する中でのことだったというのだから、飛行士たちが三沢の人たちのフレンドシップと優しさに感謝したのもわかる。当時の小比類巻村長宅の襖《ふすま》に寄せ書きをして、感謝の気持ちを伝えたとサイトに書かれていた。

当時の村長は小比類巻という名字《みょうじ》だったのか。

三沢にはごろごろいると小比類巻さんが言っていたが、その名字の人たちはみんな優しいに違いない。いや、三沢の人たちはみんな優しいのかもしれない。

そんなことを考えながら、サイトにアップされているミス・ビードル号の赤い機体を眺めていた。

翌日は土曜日で、血圧や体温を測って、傷の消毒をしたら、あとは何も予定がなかった。

父親とLINEでやりとりすることなどほとんどなかったのに、心配しているという言葉と一緒に、洗濯機の使いかたを教えてくれとか、ゴミ捨ての曜日を知っているか、などの質問が届くようになっていた。家のことは心配するなと言ったので、母には聞きたくなかったのだろう。瑛太が、入院中は頭の傷の消毒くらいで、することがなくて暇だとLINEに書いたので、瑛太に聞くほうがいいと思ったようだ。

瑛太は、父よりは家事ができる。子供の頃から母が仕事をしていたので、学校から帰ると洗濯物を取り込んだり、炊飯器でご飯を炊いたりもしていた。風呂《ふろ》掃除も自分の役目だと思っていたが、父はたぶん、今回、初めて風呂を掃除したのだと思う。

父とのLINEのやりとりのあと、母からもLINEが届いた。

母のLINEは、いつも写真が先だ。

スマホの画面には、温泉らしき建物が映し出されている。

――早朝からホテルの近くの温泉施設が開いててね、源泉かけ流しの温泉の入浴料が三百五十円で銭湯より安いのよ。しかも、打たせ湯や寝湯まであるなんて、信じられる？　朝の温泉が気持ち良くて、夜もここに入ろうと思ったら、三沢には、こんな温泉がたくさんあるんですって。瑛太の代わりに温泉巡りをしようと思っているの。

瑛太は苦笑しながら、「いいね」のスタンプを押した。

午前中には、三沢航空科学館の写真が送られてきた。

――館内にあるセスナ機とヘリコプターのフライトシミュレーターを体験したのよ。

お母さんね、操縦のセンスがあるみたい。着陸が上手だと褒められたもの。瑛太はお母さんに似てるから、案外、優秀なパイロットになれたかもしれないわね。

母は、ここでも入館料の安さに驚いている。県立の施設とはいえ、パイロット入門の反射神経や聴覚や視野、認識力などのテストを受けることもでき、様々な実験やフライトシミュレーターなどの体験も含めて、五百円くらいだというのだ。

誰に撮ってもらったのか、母がずらりと並んだ計器の前で操縦桿《そうじゅうかん》を握っている写真もあり、少し羨《うらや》ましくなった。

――航空科学館で知り合った人に聞いたんだけど、一般大を卒業してから、自衛隊のパイロットになる道もあるみたいよ。

――おれにパイロットになってほしかった？

――ううん。瑛太はちゃんと自分のやりたいことをやれているのかなと思っただけ。就職する前に飛行機を見にきたのは、少し未練があるのかなと思ったのよ。

母は、瑛太が三沢に飛行機を見にきたのだと決めつけている。

瑛太が、海鮮丼と煮物、ホウレンソウのおひたしにデザートの苺《いちご》という、病院食とは思えない美味《おい》しい昼食を食べ終わったとき、母から白鳥のアップの写真が届いた。

——小川原湖《おがわら》の白鳥が私の顔を見て突進してきたのよ。餌をもらえると思ったみたい。

次の写真には、百羽ほどいそうな白鳥と、その倍ほどいそうな鴨の姿が映し出されている。

——多いときには千羽以上集まることもあるそうよ。こんなにたくさんの白鳥を見たのは初めて。飛行速度は八十キロですって。すごいでしょう?

母の白鳥自慢が続いている。

白鳥が大きな羽を広げて水面から飛び立つ瞬間の写真もあり、自慢するのもわかる気がした。飛びたいと思っているのは、瑛太ではなく、母のほうなのかもしれない。

日曜日は、小比類巻さんと圭佑が並んでいる写真が届いた。

——小比類巻さんと圭佑君に会いに漁港に行ってきたんだけど、小比類巻さんが瑛太にって、お守りをくださってね。廣田《ひろた》神社という病気平癒の有名な神社みたいだけど、三沢市内じゃなくて、かなり遠い神社みたいなの。瑛太を心配してわざわざ遠くまでお参りに行って、お守りを買ってくださったのだと思うと、感激して涙がでちゃった。圭佑君は、小比類巻さんに会って、漁師になりたいと思ったそうだけど、きっと、小比類巻さんだから、そう思ったのよね。

母は、最近、涙もろくなっている。悲しいことやつらいことには慣れてしまったのか泣かないのに、感激するとすぐに涙ぐむ。職場でも大変なことが多くて、嬉しいことが少なくなっているのかもしれない。

瑛太は、犬がペコリとお辞儀しているスタンプを押した。

――おふたりとも、日曜日で漁はお休みだから、都合をつけてくださったのよ。小比類巻さんのなまりはとても魅力的で、話をしていたらほっこりするんだけど、三沢はあまり土地のなまりがないようなの。廃藩置県とかの歴史的な背景があるみたい。今から寺山修司《てらやましゅうじ》記念館に行ってくるわね。寺山修司は、三沢とゆかりが深かったのね。

短い滞在にもかかわらず、母はすっかり三沢通になっている。

今日は漁が休みだと知ったので、圭佑と話をしたくなった。

母から渡されていたメモを見ながら圭佑の携帯の番号を押す。

知らない番号からでも電話を取ってくれるだろうかと心配する暇《ひま》もなく、すぐに圭佑の声が聞こえてきた。

「坂本です。一昨日《おととい》はいろいろありがとう。今、電話、大丈夫？」

「今日は漁が休みだから大丈夫です。さっき、お母さんがわざわざきてくれましたよ。福岡の美味しそうなものをたくさんいただきました。体調はいかがですか」

圭佑は、相変わらず丁寧な言葉遣いだ。

「すぐにでも退院したいくらい体調はいいけど、まだ記憶が戻らないんだよね。それより、うちの母親のホテルやレンタカーまで手続きしてもらって悪かったね。今日も休みなのに付き合わせてしまって。漁が休みの日は、大学のオンライン授業を受けないといけないんだよね？」

「夕方から集中してやるから大丈夫です。お母さんは小比類巻さんと気が合ったみたいで、昔からの知り合いみたいに話していましたよ。聞いているだけで楽しかったです」

圭佑の性格の良さがわかる返事だったが、あまりに優等生で、こちらが話しにくくなってしまう。

「退院したら、漁港に行きたいと思ってる。何か思い出せるかもしれないから。漁があるから小比類巻さんにも圭佑君にも会えないだろうけど」

「記憶が戻るといいですね」

「戻らなくても困ることはないんだけど、なんだかモヤモヤしてるんだよね。大事なことを忘れているような気がして。子供の頃にパイロットになりたいと言っていたから、飛行機を見にきたんじゃないかと、うちの母親は思ってるみたいなんだけどね。圭佑君は、漁師を目指すことを反対されなかった？」

「母に、危険だからやめてくれと言って泣かれましたよ。親戚《しんせき》で一番怖い伯父《おじ》さんに、『親は、漁師にさせるために大学にやったんじゃない』とか、『海が好きなのはわかるけど、危険じゃない仕事を選べ』とか、ずいぶん言われました。母のお兄さんだから、きっと母が頼んだんでしょうね」

「お母さんの気持ちもわからなくはないけどね。それと、気になってたんだけど、そろそろ敬語、やめようよ。年も変わらないし、タメ口でいいよ」

これで楽に話すことができると思ったが、圭佑は、「このままで大丈夫です」と即答した。

敬語で話されると壁があるようで寂しいんだよ、と言いたくなったが、これが圭佑の個性なのだろうと思って諦《あきら》めることにした。

「お父さんは反対しなかったの？」

「お前のやりたい道に進めばいいと言ってくれました。父は、農家の長男として生まれて家業を継がないといけないのだろうかと悩んでいたときに、親が、お前の好きなことをすればいいと言って東京に出してくれたそうです。家業の農家は、父の従兄弟《いとこ》が継いでくれて、キウイ農家を手広くやって成功しています。そんなこともあって、父は、自分にも、好きな道に進めと言ってくれました」

「でも、お母さんは今も反対なんだよね？」

「いえ。今は賛成してくれています。小比類巻さんに会って、この人にならら託せると思ったみたいです」

「小比類巻さん、すごいや。うちの母親もすっかりファンになっているしね。でも、漁師になるには、漁業権とかが必要なんだろう？」

　ちらりとネットで調べたことだ。

「何年か修業させてもらって、漁業権を取得しようと思っていたんですけど、もしかしたら、小比類巻さんのあとを継ぐことになるかもしれません」

「小比類巻さんは、あとを継ぐ人がいないのかな」

「娘さんが三人いて、みんな結婚して、もうお孫さんもいます。小比類巻さんは、今年喜寿だそうです」

「え？　嘘だろ？　喜寿って七十七歳だよね。六十代だと思ってた」

漁師は潮焼けして顔に深い皺《しわ》が刻まれて、年齢より上に見えるという印象があるが、それは昔の話なのかもしれない。アイドルにしか見えない圭佑が漁師になるというのだから。

「みんな体力があってかっこいいです。中には肌の手入れを熱心にしている先輩もいますよ」

「そうなんだ。あ、長くなってしまったね。休みに付き合わせてごめん」

「退院したら漁港に遊びにきてください。まだ昼いか漁をやっていますよ。これからは、ほっき貝がメインになりますけど」

「昼いか」というのは三沢のブランドイカで、昼に漁をして市場に直送するので、関東のスーパーには翌朝、新鮮なイカが並ぶらしい。

「病院食が美味しくてびっくりしたよ。僕は通常食だから、刺身も出るんだよ。海鮮丼にもイカが載ってた。むちゃくちゃ美味しかった」

その日は、スコッチエッグと海鮮丼が選べるようになっていた。

普通食の入院患者には、月に何度か選択食があるようで、たまたまその日に当たったのだが、それがなくても刺身が出ることはある。それだけ魚介類が新鮮ということだろう。

夕食が終わったあとで届いた母からの写真は、タイムリーで、つやつや光っているイカの刺身だった。

――三沢の「昼いか赤とんぼ定食」よ。感激の美味しさ♪　三沢の昼いかを一杯丸ごと贅沢《ぜいたく》に使っているの。活イカ刺しには、新鮮な肝がついていてね、それをお醬油《しょうゆ》でといて、イカ刺しをつけて食べるの。新鮮じゃないとできない食べ方よね。イカの貝焼きには、イカゲソとかネギとか大根おろしが入っているの。その美味しさといったら。お酒を飲む人にはたまらないかもしれないけど、ご飯にも合うのよ。

芸能人の食レポばりの説明に、思わずお腹が鳴ってしまう。

さっき食べたイカ刺しで満足していたが、母は肝をといた醤油で一杯まるごと食べたのだと思うと、また羨《うらや》ましくなった。

――寺山修司記念館は、建物も展示物もすごく個性的で楽しかった。赤い扉に大きなひげがデザインされているのよ。

母はもう、瑛太の代わりに三沢を見学しているという言い訳をするつもりはないらしく、とことん三沢を楽しんでいる。

夜になって、受付に母が届けた小比類巻さんからのお守りと着替えを、看護師さんが持ってきてくれた。

瑛太は、お守りを両手で持って、頭を下げた。

それからも母は、病院の受付に瑛太の着替えを届けつつ、三沢を見て回り、LINEで、写真や動画を送ってきた。温泉のあとでリンゴジュースを飲むというのがお気に入りのようだ。

父からも頻繁にLINEが届いている。

――郵便受けに入っていた回覧板はどうしたらいいんだ。

――名前の下に印鑑を押して、隣の古賀《こが》さんの家の郵便受けに入れておけばいいんだよ。右回りだからね。

返事は、「了解」の文字だけのスタンプだった。

このままではあんまりだと思い、夜になって父に電話をかけた。

「おお、瑛太、声も元気だな」

電話が思いがけなかったのか、父の声が弾んでいる。

「もう大丈夫だよ。心配かけたから言いにくいんだけど……。父さん、仕事が忙しいのはわかるけど、母さんも、相当忙しいよ。おれたち、家事を全部母さんに押し付け過ぎじゃないかな」

「わかってるよ。母さんがいないと、綿埃《わたぼこり》が床を移動してるからな。でも、掃除はまだいい。食事が一番困る」

「埃もなんとかしろよな。掃除機はスイッチを入れたら動くんだから。父さんは、家のご飯が一番おいしいと言って、それで母さんが喜んでいると思ってるかもしれないけど、宴会のときまで家に帰ってご飯を食べるから、母さんは一年中、父さんのご飯を作ってるよね。自分の仕事が休みの日もずっと家事してて、あんまりだと思う。もちろん、おれのことも含めて言ってるんだけどね。おれ、就職して貯金ができたら家を出て、ひとりで暮らそうと思ってる」

思いついたことを口にした。いつかは家を出るのだから、早いほうがいい。

「母さんが寂しがるだけだから、それはやめてくれ」

父が悲壮な声を出した。

「でも、一人分でも食事を作る量が減るじゃないか。だから……」

「外食したくないから、自分で料理を作るよ」

瑛太が話すのを遮って、父が宣言した。

「父さんが？　それ、いいかもしれない。家の料理が一番だと言ってるんだから、自分で好みの味に作ったらいいよ。今は動画でいくらでもレシピが出てくるからね」

「お前は作ったことがあるのか」

「あるよ。共働き夫婦のひとり息子だからね。そうじゃなくても、今はみんな、そこそこ作れるんじゃないかな。居酒屋でバイトしている友達なんか、プロ級の腕前だし」

父が、「うーん」と唸《うな》ったのが聞こえた。

退院を翌日に控えた診察で、戻らない記憶について質問すると、担当医は、「焦らずゆっくり待ちましょう。そのうち思い出しますよ」と励ましてくれた。頭の傷の抜糸は、地元に帰ってからということで、福岡の大学病院に紹介状を書いてもらった。

父に大口をたたいた手前、退院に備えての荷物の整理を自分でやり、ベッドを椅子代わりにして、スマホで三沢漁港の検索をした。

漁港に行かなくても、転んだ場所の映像をスマホで見たら、何か思い出して、三沢を旅行先に選んだ理由がわかるかもしれない。

検索を続けていたら、気になるタイトルのユーチューブが出てきた。

『三沢の漁師☆ケイスケの日常』

タイトルの写真は、見たことがある漁船だ。

再生させると、ハードなラップミュージックが流れてきた。

『こんばんは。ケイスケでーす。今日も筋肉モリモリ。漁も快調。見て見て、このほっき貝。今日の獲《と》れたてだよ』

細マッチョな漁師が半そでのTシャツ姿で、ときどき胸の筋肉をピクピク動かしながら、ほっき貝を捌《さば》いて身とヒモの部分に分けている。

「うそだろ……」

頭がぼうっとしてきた。

『三沢のほっき、肉厚で、最高っしょ!』

知っている圭佑と顔も声も同じだが、雰囲気があまりに違う。

何か思い出せそうで、頭の中がぐるぐると回っている。

動画が撮影されたのは十二月一日だった。

動画の中で圭佑は、ほっき貝の身をまな板にたたきつけた。これで身が締まっていっそう美味《おい》しくなると説明している。そのほっき貝に、わさびと醤油をつけて口に運んだ。

『歯ごたえバッチリ、甘みがあって濃厚、うまい！　待ちに待ったほっき漁の解禁だぁ～』

歌うように言って、圭佑はまた、胸の筋肉をピクピクと動かした。

これは、本当にあの圭佑なのか。

そう思いつつも、目は肉厚のほっき貝に奪われていた。

福岡のスーパーでは、ほっき貝を見たことがない。回転寿司《ずし》で、火を通して赤くなったほっきの握りを食べたくらいだ。たぶん、本来のほっき貝の美味しさをまだ知らないと思う。

『刺身でもうまいけど、三沢名物ほっき丼。これがまた最高なんだよ～。三沢ほっき丼の条件はひとつだけ。三沢のほっき貝を使っていること。三沢はふところ深いっしょ！　それで、どの店も、個性を出そうと頑張ってる。自分、全店制覇を目指してるんだよ～』

僕でも俺でもなく、自分という言いかたをするところは、瑛太が知っている圭佑と一緒だった。

飽きさせないためか、途中で重そうなダンベルを持ち上げて見せたり、短くダンスを踊って見せたりしているが、かっこいいので様になっていた。

『さてさて、三沢のほっき丼。今日は、すし飯の上にとろろを載せて、炙《あぶ》ったほっきと、生のほっき、ほっき味噌《みそ》を盛り付けた丼《どんぶり》を紹介するよ。このほっき味噌がたまりません！』

ときどき丁寧な言葉が出る。

圭佑は、少し無理をして、三沢をアピールしているのかもしれない。

急に場面が展開して、食堂のような場所が映し出された。

テーブルに丼が運ばれてきた。

その丼の映像を見て、瑛太は、ごくりと唾《つば》を飲み込んだ。

美味しそうだったからでもあるが、目が覚めてから、ずっと頭の中に、薄い雲がかかっている感じだったのが、一筋の光が差し込んだ気がした。

なくした記憶の中で、確かに見た映像だ。

圭佑が美味しそうにほっき丼を食べている。

間違いない。このシーンを福岡の家で見た。

圭佑に初めて会ったとき、どこかで会った気がしたが、ユーチューブで見たのか。

もしかして……。

おれは、ほっき丼が食べたくて、三沢にきたのか。それで真っ先に漁港に行ったのかもしれない。

頭の中がすっきりと晴れ渡るとまではいかないが、少しずつ晴れ間が広がっている。

ユーチューブのチャンネル登録をして、ほかの動画も見てみた。

厳しい表情で圭佑が漁をする様子が映し出されている。

自撮りなのか、もしかしたら、小比類巻さんが撮ったのだろうか。

兄弟子がいるのかもしれない。

青森県の太平洋沿岸で獲れるほっき貝は、資源保護のために、漁が冬場だけに限られていることから、青森の冬の味覚として親しまれているという。

その漁が十二月一日に解禁され、漁に行っていた漁船が次々と港に戻ってきている様子も動画で紹介されていた。

午前六時には漁に出て、午前九時ごろには漁船が戻り、出荷作業が始まるようだ。単独ではできない。チームワークが必要だということも、ユーチューブを見てよくわかった。

間違いない。おれは、パイロットになるという夢への未練があって、飛行機を見たかったわけではなかった。解禁されたばかりのほっき貝が食べたかったのだ。昼いかも、十二月まではぎりぎり獲れるというので、今しかないと思い、大学の冬休みを利用して旅に出たのだ。

頭の中にかかっていた薄い雲のようなモヤモヤは、退院の日には、ほとんど消えていた。

「久しぶりに会えた。顔色もいいわね」

母の表情がずいぶんやわらいでいる。

毎日、温泉につかって、日頃の疲れが少しは取れたのかもしれない。

「心配かけました」

瑛太は、母に向かってきちんと頭を下げた。

「いやだ。改まってどうしたのよ。お母さんは、瑛太に休暇をもらった気分よ。初めての青森、最高だった。三沢が大好きになったもの。今度は、ねぶた祭りや弘前《ひろさき》城の桜も見にいきたいと思っているの。お父さんと東北をまわってみたい」

「父さんと？　友達とじゃないの」

「お父さんも東北は行ったことがないんですって。福岡からだと、乗換が多くて、ちょっと遠いからね。それにね、職場のみんなにも、交代でまとまった休みを取ってもらって、旅行や好きなことができるように、施設長に掛け合うつもりよ。施設長も、お孫さんができたのに会いにも行けてないんだもの。みんなが楽しんでいるのを横目に、自分たちは我慢していたけど、それも、そろそろ終わりにしないとね」

「それがいいよ。無理しないほうがいい。それと、いい報告があるんだ。たぶん、記憶が戻ったと思う」

「え？　本当に？」

母の顔が、ぱあっと明るくなった。

「おれ、三沢のほっき丼が食べたかったらしいんだ。しかも、圭佑のユーチューブを見たのがきっかけみたいでね。圭佑のこと、どこかで会ったことがある気がしてたんだけど、ユーチューブで見たんだった」

母に圭佑のユーチューブを見せると、文字通り、おなかを抱えて笑い出した。

「圭佑君、最高！」

差しだしたスマホに向かって、母が手を叩《たた》いている。

「じゃあ、ほっき丼は食べないとね。それが三沢にきた理由なんでしょう」

「うん。食べたい」

瑛太は大きく頷《うなず》いた。

三沢漁港の防波堤に、瑛太は、母と並んで立った。

潮の匂いがして、頬に当たる冷たい風さえ心地よく感じられる。

あの日、瑛太は、「気持ちがいい」と叫びながら海に向かって走り、防波堤で派手に転んで後頭部を打ったのだ。

ますます鮮明になっている記憶を確認していると、「あんちゃん」と声をかけられた。

小比類巻さんだった。

「元気になったな」

小比類巻さんが瑛太の肩をぽんぽんと叩いた。

「ありがとうございます。ほとんど記憶も戻りました」

深く頭を下げる。

そうしても傷口はまったく痛まなかった。

「よがったなあ」

小比類巻さんの優しい声を聞いて、これで本当に治ったのだという気がした。

漁港の施設から圭佑も走ってきた。

「おふたりのお陰で、瑛太は回復できました」

母は、ふたりに向かって何度も礼を言ったあとで、小比類巻さんをつかまえて、話し込んでいる。

「記憶が戻ったんですね。三沢を卒業旅行先に選んだ理由はなんでしたか」

やっぱり飛行機が見たかったんですか、と圭佑は続けた。

「それが違ったんだ。この動画を見て、旅先を決めたのを思い出したよ」

瑛太は、登録しているユーチューブをスマホの画面に出した。

「まじっすか！　漁の面白さとか、大変さ、三沢の昼いかやほっき貝の美味《おい》しさを伝えたくて始めました」

動画では、圭佑が胸の筋肉をピクピクと動かしている。

「どっちが本当の圭佑なんだよ」

思わず呼び捨てにして、圭佑の胸をつついた。

「どっちも自分です。海が好きで、漁師という仕事に誇りを持っています」

圭佑は胸を張った。

「お願いがあります。動画を見て福岡から三沢にきてくれた人として、ユーチューブで紹介させてください」

圭佑は、スマホのカメラを瑛太に向けた。

「いいよ。そのかわり、今からほっき丼を食べにいくから付き合ってくれる？」

「のぞむところです。食べているところも撮影させてください」

圭佑が、漁師からカメラマンの顔になっている。

念願のほっき丼は、想像を超える美味しさだった。

ほっき貝の食感も、噛《か》むほどに口に広がっていく甘みも、濃厚な旨味も、すべてが丼《どんぶり》の中に凝縮されている。

「うまい！」

瑛太は、動画を撮られていることなど忘れて、夢中で食べた。

横で母が声を出して笑っている。

もっと話していたかったが、仙台《せんだい》空港まで電車で行かなければならないので、小比類巻さんと圭佑に別れを告げて、三沢駅に向かった。

福岡空港に着くと、父から家族のグループLINEに写真が届いた。

見慣れた土鍋《どなべ》の中につみれや野菜がたっぷり入っている。

――つみれ鍋ができてるから。

写真を見た母が目を大きく見開いたまま、瑛太のほうを向いた。

――父さん、やるね。美味しそうじゃん。

瑛太は、すぐに返信した。

――一週間、母さんがいないだけで、家がくすんだ気がするが、料理は、つみれも自分で作ったし、これくらいなら、なんとかやれそうだ。日曜日は、父さんが食事当番を引き受けるかな。

スマホを見ていた母の目がうるんでいる。

——じゃあ、土曜日の夕食当番はおれが引き受けてもいいよ。ほっき丼は作れないけど、親子丼は得意なんだ。

瑛太は、家族ＬＩＮＥに、三沢のほっき丼の写真をアップした。

美味しいということは

三上 延

三上延（みかみ・えん）
一九七一年、神奈川県生まれ。二〇〇二年『ダーク・バイオレッツ』でデビュー。一一年、『ビブリア古書堂の事件手帖』を発表し、ベストセラーシリーズとなる。主な著書に『江ノ島西浦写真館』『同潤会代官山アパートメント』『百鬼園事件帖』「偽りのドラグーン」シリーズなど。

特急電車に乗る時、篠崎卓郎《しのざきたくろう》は崎陽軒《きようけん》のシウマイを食べる。若い頃から何十年も続けている習慣だった。

崎陽軒のシウマイは神奈川県民なら知らぬ者のない横浜《よこはま》名物で、卓郎の住む小田原《おだわら》でも売られている。あくまで商品名は「シュウマイ」ではなく「シウマイ」だ。箱にもそう印刷されている。事情は知らないが、きっと何か表記にもこだわりがあるのだろう。特急で必ずシウマイを食べるようなこだわりに、どこかで通じるものがあるかもしれない。

これから新幹線に乗って東京へ向かう。都内の大学に通っている息子と会うためだ。小田原の住宅会社に勤める卓郎は普段土日も出勤しているが、今日は少し早めに退社させてもらった。ホーム近くにある売店で小さな六個入りを買って、こだまの自由席に乗りこんだ。

梅雨が明けたばかりの土曜の夕方、大きな荷物を網棚に載せた乗客で車内はそれなりに混雑している。ここ数年、世界中を騒がせていた新型コロナウィルスの蔓延《まんえん》もそれなりに収まりつつあり、旅行に出かける人々も増えているようだ。口元をマスクで覆う習慣も緩んで、車内での飲食がしやすくなった。

新幹線なら東京まで三十分ほどしかかからない。こだまが発車するのと同時に、卓郎はシウマイの箱を開けた。

豚肉と貝柱の入り混じった独特の香りがほのかに漂ってくる。グリーンピースの混じったシウマイは味も濃く、ぎゅっと具を押し込めたように弾力がある。何より常温のひやりとした舌触り。やはりこれがないと始まらない。ほんの短い時間でも、特急とシウマイの組み合わせは旅の情緒を味わわせてくれる。

ごろんと鈍い音がして、楊枝《ようじ》を持つ手が止まった。ミネラルウォーターのペットボトルが足元に転がってきた。通路を挟んだ隣の座席にいる中学生ぐらいの少年が落としたようだ。オーバーサイズの黒いパーカーをフードまでかぶり、スマホの上でせわしなく指を動かしている。ゲームに夢中で落とし物に気付いていない。

「落としませんでしたか」

拾い上げて差し出すと、びくりと体を震わせて上目遣いにこちらを眺めた。前髪が不揃いに長く、眼鏡のレンズにはうっすら指紋がついている。身なりに気を遣うタイプではないようだ。

「……どうも」

くぐもった声で言い、少年はペットボトルを受け取る。それからすぐにゲームの世界に戻ってしまった。もう周囲のことなど頭になさそうだ。

残りのシウマイを口に運びながら、卓郎は昔の自分を思い出していた。特急列車で初めてシウマイを食べたのは十五歳の冬だった。ちょうど今隣にいる少年と同じぐらいの年頃だ。

その時の卓郎も身なりに関心の薄い、テレビゲームに夢中な少年だった。紺のスーツを着た白髪交じりの五十男に十代の頃があったなど、今の若者たちは想像したいとも思わないだろう。ちょうど十五歳だった卓郎が、大人たちの過去にほとんど関心を払わなかったように。

（美味《おい》しいってどういうことか分かるかい）

祖母の嗄《しわが》れた声が脳裏をよぎった。もう三十年以上前、まだ昭和が終わっていなかったあの日。テレビゲームをきっかけに、十五歳の卓郎は祖母と奇妙な日帰りの旅に出かけたのだった。

＊

一九八八年二月下旬のある日。十五歳の卓郎は祖母と二人で、小田原から上りのロマンスカーに乗りこんだ。新宿《しんじゅく》まで行く始発の特急だ。

七十代の祖母は黒く染めた髪を結い上げ、細く眉《まゆ》を描いて念入りに化粧していた。コートの下に着ている青紫の和服には、ぎらぎらした金箔《きんぱく》の模様と真っ赤な椿の刺繍《ししゅう》があしらわれていた。人目を惹《ひ》く派手な装いで、恰幅《かっぷく》がよければもう少し似合っていたかもしれない。祖母はゴボウのように痩《や》せていて、首筋の深い皺《しわ》や尖《とが》った頬は化粧でも隠しようがなかった。久しぶりに人前に出た大ベテランの演歌歌手、そんな印象だった。

卓郎の方は大きく数字がプリントされたトレーナーの上に黒いダッフルコートを羽織って、色あせたジーンズをはいている。どれも母親が買ってきた安物だ。派手な着物の老人と並んでロマンスカーに乗っている姿が、周囲の目にはどう映っているのか見当もつかない。

「後は座っていれば新宿に着くんだから、楽なもんだね」

祖母は歯切れよく言う。普段会話していないせいか、同意を求めているのかただの独り言なのか判断に迷う。体を硬くして前を向いているしかなかった。

真後ろの座席から煙草の煙が漂ってくる。まだ特急電車での喫煙は当たり前だった。

「それで、あんたは新宿の電器屋で何を買いたいんだっけ」

今度ははっきり質問されている。卓郎は乾いた唇を湿らせた。

「『ドラゴンクエストIII』……ファミコンソフトの」

小声でぼそぼそと答える。大正生まれの祖母に向かって、ゲームソフトのタイトルを口にするのはなぜか異様に恥ずかしかった。

話はその前日に遡《さかのぼ》る。

卓郎は小田原市内にある県立高校の入学試験を受けた。合格したかどうかはもちろん分からないが、それなりにやり遂げた自信はあった。滑り止めで受験した私立高校の合格通知を得ていたので、とにかく受験勉強はこの日で終わりだった。労《ねぎら》いの意味もこめて、両親が近所の寿司《すし》屋から出前を取ってくれた。

家族皆でそれを食べている最中、卓郎は意を決して切り出した。

「明日、東京に行きたいんだけど」

数週間前に『ドラゴンクエストⅢ』が発売されていた。ゲームファンたちが玩具《がんぐ》店の前で長蛇の列を作る姿は新聞やテレビでも報じられ、社会現象と呼ばれるほどの人気ぶりだった。近所にある玩具店では何ヶ月も前に予約したわずかな客しか買うことはできなかった。受験勉強で忙しかった卓郎はそのチャンスを逃してしまい、発売日を過ぎた後も手に入れられずにいた。

そんな中、新宿の家電量販店に『ドラゴンクエストⅢ』が何百本も入荷するという噂を聞きつけた。店に電話をかけて確認すると、入荷日は試験の翌日だった。開店前から並べば手に入れられるかもしれない——という話を必死に説明したが、両親の反応は芳しくなかった。

「東京に行くって、誰と行くつもりなの」

と、母に訊《き》かれる。

「一人で行く。電車で行ってソフトを買ってくるだけの金はあるし」

卓郎が答えると、今度は父が難色を示した。

「お前、一人で東京に行ったこともないだろう。新宿は広い街だし、治安もあまりよくないぞ」

「……大丈夫だよ」

我ながら自信のない声だった。これまで卓郎が一人で行ったことのある繁華街は県内の横浜止まり、しかも極度の方向音痴で地図を見るのも苦手だ。新宿は外国ほどに遠く感じられた。小中学生が『ドラゴンクエストⅢ』を買った帰りに強奪されるという「ドラクエ狩り」のニュースも世間を騒がせている。不安の材料には事欠かない。かといって、親に付いて来て欲しいとは口が裂けても言えなかった。

「あたしが付き添ってやろうか」

つまらなそうに寿司をつまんでいた祖母が、突然口を開いたのはその時だった。卓郎よりも両親——特に母が目を剝《む》いていた。

「急にそんなこと言って、どういうつもりなの、母さん」

棘《とげ》のある声で尋ねる。祖母は顔色を変えずに茶をすすった。

「大したことじゃないよ。あたしもちょうど東京に用があったからね。そのついでだ」

それから、テーブルの正面にいる卓郎の顔を見据えた。祖母と目を合わせるのは初めてだった。

「明日、よろしく頼むよ」

もう一緒に行く流れになっている。これは断れないやつだ、と卓郎は悟った。

十五歳になるまで卓郎は母方の祖母についてほとんど知らなかった。横浜の関内《かんない》でスナックか何かを経営していた、という程度だ。一人娘である卓郎の母とは折り合いが悪く、何十年も絶縁同然の状態だった。古希を過ぎて体調を崩しがちになり、突然店を畳んで小田原へ引っ越してきた。

かといって卓郎たちとは同居するわけでもなく、近所の借家で一人暮らしをしている。たまに食事をともにするが、ほとんど喋《しゃべ》ることもなく、申し訳程度に箸《はし》を付けるだけだ。卓郎の母との短い会話はいつもぎすぎすしていた。

祖母が近所で暮らし始めた頃、ふと「お祖母《ばあ》ちゃんと昔何があったの」と尋ねたことがある。急に母の目から表情が消えて、碁石が二つ並んでいるようになった。

「悪口にしかならないから話したくない」

という答えには、むしろ悪口があふれ出しそうな気配があった。この話題に二度と触れるのはよそうと卓郎は誓った。大人のいがみ合いに巻きこまれるのはごめんだ。新宿行きでも祖母とはできる限り話さないつもりだった。『ドラゴンクエストⅢ』さえ買って来られればそれでいい。

そんなことを考えながら座席に座っていると、突然卓郎の腹の虫が大きな音を立てた。窓の外を眺めていた祖母がこちらを向く。決まりの悪さに頬が熱くなった。

「朝ご飯、食べなかったのかい」

卓郎はかすかに頷《うなず》いた。今日のことを考えると寝付けず、寝坊してしまったのだ。

「なら、ちょうど良かったよ。サンドイッチでも食べな」

サンドイッチ。そういうものがあるならありがたい。とても腹は減っている。祖母は大きな丸いバッグのがま口をぱちんと開けて、角張った赤い箱を取り出す。

崎陽軒のシウマイだった。

卓郎は唖然《あぜん》とした。サンドイッチというのは聞き違いだったのか。さらにバッグからはバターロールの入ったビニール袋も現れた。スーパーでも売られている、何も挟まれていないごく普通のバターロール。弁当箱に入っているようなマヨネーズの小さな容器と、果物ナイフも続けて出てきた。

祖母はバターロールの一つに果物ナイフで深く切れ込みを入れ、マヨネーズを軽く塗る。そこに小ぶりのシウマイを三つぎゅうぎゅうに押しこみ、シウマイの箱に入っていた醤油《しょうゆ》と辛子をほんの少しかけて、卓郎の口元に差し出した。

「召し上がれ」

そう言われてから、ようやくこれが祖母の考える「サンドイッチ」だと気付いた。どう見てもシウマイがめりこんだただのバターロールだ。こんなものを食べたいと思う人間がどこに――いや、漂ってくるシウマイの匂いは意外に悪くない。ローカルテレビ局の番組で崎陽軒のＣＭはよく流れているが、実際に食べたことはほとんどなかった。

どちらにしても断れる雰囲気ではない。受け取っておそるおそるかじってみる。ごろりとしたシウマイの濃い味が、柔らかなバターロールに意外なほど合う。マヨネーズと辛子のアクセントも利いていた。

「悪くないだろ」

「……うん」

空腹も手伝って、あっという間に平らげてしまった。すかさず祖母が二つ目を差し出してくれる。もう受け取ることにためらいはなかった。

「あたしはこのシウマイが好きでね。昨日うちに来た知り合いが、土産に持ってきてくれたんだ」

そういえば祖母は長く横浜に住んでいた。慣れ親しんだ地元の味ということだろう。

「これを食べながら電車に乗っていると、旅に出たって気分になるよ」

祖母はバターロールに挟まず、楊枝《ようじ》に刺してちまちまとかじっている。バターロールもシウマイもほとんど卓郎の胃に収まった。

「ごちそうさまでした……あの、美味《おい》しかった」

正直な感想も付け加える。卓郎も旅の気分に浸り始めていた。ゲームソフトを買いに行く旅だ。

「美味しいってどういうことか分かるかい」

シウマイの空き箱やビニール袋をまとめながら、祖母が何気なく言った。卓郎は言葉に詰まる。質問の意味が呑《の》みこめなかった。どういうことかと言われても、美味しいものは美味しい以外に言いようがない。

「……分からない」

他に答えようがない。祖母はにやっと銀歯を見せて、

「考えな」

とだけ言った。祖母の笑顔を見たのはその時が初めてだった。

小田原駅も決して乗客が少ないわけではないが、新宿駅の人出は次元が違った。下りの列車に乗って箱根《はこね》に向かうらしい団体客や親子連れで視界が遮られる。案内板の場所すら分からなかった。

「こっちだよ」

先に立って歩く祖母の背中を追いかける。改札口を出てもまだ建物の中で、地下にいるのか地上にいるのか頭が混乱する。「西口」という表示を見かけたので、新宿駅の西口にいるのだろう。左右に喫茶店やレストランが並ぶ通路を通り抜け、階段を上がると目的地の家電量販店があった。まだ開店まで間はあったが、シャッターの前に行列ができていた。

「ずいぶん人気があるもんなんだね」

祖母は大して興味もなさそうに言い、後は黙って卓郎と一緒に並んでくれた。行列は建物を囲むように長く延びている。発売から半月以上経っているのに、とんでもない人気だ。果たして買えるのか気が気ではなかった。高校受験より緊張したかもしれない。

やがて開店時間になり、列がゆっくり進み始める。特設レジに着くまで長い時間はかかったが、それ以外は何事もなく『ドラゴンクエストIII』を手に入れることができた。頭の中で有名なオープニングのファンファーレが鳴り響く。後は小田原まで帰ってプレイするだけだ。

「今日はありがとう」

駅まで戻る道を目で探しながら、素直に祖母への礼を口にする。これで用事は終わった。デパートや家電量販店が開き、人出はさらに増えている。街が目を覚ましたようだった。

「どういたしまして」

祖母はからかうように答え、「さて」と辺りを見回した。

「じゃ、後はあたしの用事に付き合ってもらおうかね」

「えっ」

卓郎は絶句した。帰るんじゃないのか——いや、そういえば「東京に用事がある」と祖母は言っていた。ここまで付き合わせておいて先に帰るとも言いにくい。祖母の案内なしに小田原まで辿《たど》り着ける自信もなかった。

「用事って何？」

「食べ歩きだよ。好きな店を回るんだ」

打てば響くような答えだった。食べ歩き。グルメでも何でもない中学生には無縁な言葉だ。卓郎の戸惑いを無視して、祖母は踵《きびす》を返した。

「少し早いけど、お昼にしようか」

返事も待たずに歩き出す。ドラクエの新作で早く遊びたかったが、お昼という言葉に胃が反応していた。ロマンスカーの中でシウマイサンドを食べたのに、もう腹が空《す》き始めている。付いていくしかなさそうだった。

祖母の行きたい店は新宿駅の反対側、東口にあるという。階段を上り下りしたり、薄暗い地下道を通ったり、卓郎には憶《おぼ》えきれない道のりを辿った後、不意にテレビで見たことのあるスタジオアルタの入ったビルが目の前に現れた。トレードマークの大型ビジョンには煙草のＣＭが流れていた。

角張った外車が車道で列を作り、歩道は待ち合わせらしい人々で溢《あふ》れかえっている。どこを向いても看板や広告ばかりだ。賑《にぎ》やかな雑踏の中で、靴磨きの老人がのんびりと客を待っているのが目を惹《ひ》いた。

卓郎たちは横断歩道を渡ってアルタの裏に回った。人気のない通りに佇《たたず》む古い洋食店が祖母の目当てだった。正午前のせいか、洋楽の流れる店内はそれほど混んでいなかった。どっしりとしたアンティークのテーブルに着いてメニューを開く。

ポークカレーだけでは足りない気がして、祖母の勧めでベーコンエッグを追加することにした。祖母は名物だというロールキャベツを頼んだ。

後は特に話すこともないので、卓郎はゲーム雑誌で読んだ『ドラゴンクエストⅢ』

の攻略情報を思い返して時間をつぶした。この新作では自分で選んだ仲間たちと自由に冒険の旅ができるらしい。もちろん現実ではありえない話だ。「食べ歩き」の旅を適当なところで切り上げて欲しかったが、そんな説得ができるほど祖母と親しくない。

料理が運ばれてきて、卓郎の考えは遮られた。大きな肉がごろりと入ったカレーは銀色のポットに入っている。十代の卓郎にはライスの量が少なめだ。大盛りを頼んでもよかったかもしれない。ベーコンエッグは卵が二つ、ほどよく焼き目のついた厚いベーコンが大量に添えられている。これだけでも十分なおかずだ。

「目玉焼きをご飯に載せて、上からカレーをかけるといいよ」

と、祖母がアドバイスしてくれる。卓郎も同意見だった。ベーコンの香りが染みた黄身を、カレーとライスに絡めて一口味わう。不味《まず》いわけがない組み合わせだった。

祖母の頼んだロールキャベツはどろっとしたホワイトソースの中に沈んでいる。クリームシチューのような趣で、見るからに美味しそうだ。こちらを頼んでもよかったかもしれない。

「半分食べてくれるかい。あたしには少し量が多くてね」

もちろん断る理由はない。両方食べたいと思っていたところだった。祖母は自分のライスを卓郎のカレー皿に載せ、店員に持ってきてもらった小ぶりのボウルに料理も移した。

まずホワイトソースだけ味見してみる。ライスと一緒に食べたくなる味だった。

実際、祖母はソースをライスにかけて食べている。皿の上には半分どころか二口三口しか残っていない。ほとんど卓郎に取り分けてしまっていた。

いつも通り祖母は小食だが、こうして食べ歩きをするぐらいだから、食べること自体は好きなのだろう。もちろん卓郎も美味しいものは好きだ。あっという間にポークカレーもロールキャベツも平らげてしまった。

「お腹いっぱいになったかい」

ちょうど祖母も最後の一口を食べ終えたところだ。

「そこそこ」

卓郎は答える。まだデザートぐらいは入りそうだった。

「さすが、若いだけあってよく食べるねえ。頼もしい限りだ」

祖母は眩《まぶ》しそうに目を細める。食欲を褒められるのは初めてだ。ふと、祖母が自分を連れ回っているのは、この食欲のせいかもしれないと思った。注文した料理を食べきれない時も、十代の大食いが一人いれば残さずに済む。要は残飯処理だが、意外と悪くない役回りではある。普段は食べられない料理を堪能《たんのう》できる。せっかく買ったゲームですぐに遊べないのは残念だけれど。

ちらりと伝票を確かめて、祖母はバッグから財布を取り出す。続いて何種類もの薬のシートが現れた。シートから押し出された錠剤が、テーブルの上に小さな山を作っていく。

何気なく眺めていた卓郎は、薬の量にぞっとした。ちょっとした体の不調で処方されるものには見えない。色とりどりの錠剤を手のひらに盛って、祖母は無造作に水で流しこむ。薬を飲むことに慣れた人のしぐさだった。

祖母は卓郎のうちへ食事に来ても、食べ終わるとさっと引き揚げてしまう。単に長居したくないからではなく、薬を飲むためかもしれない。

長年経営していた店を畳んで引っ越してきたのも「体調を崩しがちになった」からだ。以前から小食だったと祖母から聞いたわけではない。食事が満足に取れないような、重い病気にかかったのだとしたら。

「さて、次に行こうか」

卓郎の思いをよそに、祖母は椅子を引いて立ち上がった。

洋食店を出た祖母は新宿駅に向かった。次の行き先は表参道《おもてさんどう》だという。

山手線《やまのて》の内回りに乗って原宿駅《はらじゅく》に着くと、卓郎と同年代の少女が大勢ホームに降りた。赤い水玉の帽子、真っ白なレースの手袋、ギンガムチェックのロングコート——ファッション雑誌から抜け出したような彼女たちは、改札口を出て同じ方向へ歩いていく。

「あっちは竹下《たけした》通りだよ。ちょっと見物しに行くかい」

立ち止まって見送っていた卓郎は、祖母の声で我に返った。

「いや、いい」

きっぱり首を振って反対方向に歩き出す。竹下通りといえば知らない者のいないファッション街だ。そんなところに母親に買ってもらった服で突撃する勇気はなかった。

表参道のなだらかな坂は歩道の高い木々で彩られている。このあたりに住んでいるのか、犬の散歩をする人、自転車に乗っている人が目立つ。祖母が足を止めたのは表参道に面したフランス菓子店だった。一階はショーケースの置かれたケーキ売り場だが、二階に上がると喫茶スペースになっていた。どうやら有名店らしい。

客は女性のグループばかりだが、年齢層は意外に幅広い。席は八割方埋まっていた。

窓際の丸いテーブルに案内されると、祖母は籐《とう》の椅子に背中を預けるようにして深く腰かけた。移動の連続で疲れたのか、少し顔色が悪いように見える。

「大丈夫?」

と、声をかける。祖母は顔の前でひらひら手を振った。

「平気だよ……ケーキ食べるかい」

祖母の様子は気がかりだったが、それはそれとして食欲はある。メニューだけでは味の見当がつかなかったので、祖母にならってプランセスというケーキと紅茶を頼んだ。

天井までのガラス窓からは表参道が見下ろせる。卓郎は外の景色を眺めながら、病気のことを尋ねていいのか迷っていた。祖母と親しくしている孫なら、こんなことで迷ったりしないだろう。答えが何であれ、とりあえず質問するはずだ。けれども今の卓郎には、祖母のプライバシーにどこまで踏みこんでいいのか分からない。赤の他人も同然だった。

「お待たせしました」

二組のケーキと紅茶が運ばれてくる。全く同じメニューが二人の前に並んだ。プランセスは粉砂糖のかかった丸いケーキで、見るからに食欲をそそる。

祖母がおもむろに口を開いた。

「悪いんだけど、半分食べてもらえるかい」

卓郎は黙って頷《うなず》く。祖母のフォークで丁寧に切られたケーキは、どう見ても半々ではなかった。小さな切れ端だけを残して、残りは全部卓郎の皿に移った。

「それじゃ、いただこうかね」

うまく言葉の出てこない口に、卓郎はケーキを頬張った。粉砂糖のかかった生地は舌の上で甘く溶けていく。その下にあるクリームからは生乳とは違う、濃厚な香りが鼻に抜けていった。

「入っているのはバタークリームなんだよ。ここのは全然臭みがないだろう」

と、祖母が説明してくれる。こんなに美味《おい》しいケーキを食べたのは初めてだと思った。そんな美味しい好物を祖母はほとんど味わえずにいる。皿に残ったほんの一欠片《かけら》を口に入れたところだった。

卓郎は真っ白なテーブルにフォークを置いた。

「お祖母ちゃんは病気なの」

我ながら遠慮のない質問に、祖母は軽くまばたきをする。

「そうか。さっき薬を飲むところを見たんだったね」

と、言いながら着物の帯に軽く手を添えた。

「去年、胃をあらかた取っちまってる。不摂生な年寄りによくある病気だよ。幸い経過は順調だけど、すっかり食が細くなってね。鶏ガラみたいに痩《や》せちまった」

袖《そで》から伸びた自分の手首をつかんで苦笑する。卓郎は両手を膝《ひざ》に置いたまま、真剣に耳を傾けていた。

「お通夜に来たんじゃあるまいし、そんな暗い顔をする話じゃないさ。食べながら聞きな」

さっきよりもフォークが重く感じられるが、促されてプランセスを口に運ぶ。品のある甘さに少しほっとする。

「自分じゃろくに食べられなくなったけどね、人が食べるのを見るのは楽しいんだよ。だから、今日はあんたに付き合ってもらってる」

同じケーキを食べているせいだろうか。少し祖母の気持ちが分る気がした。いちいち体調を心配されて、辛気臭い空気になるのが嫌なのだ。だとしたらその希望に沿いたい。

卓郎は二つのプランセスをきれいに平らげる。バタークリームがまだ舌の上で尾を引いているようだった。

「ごちそうさま……美味しかった」

美味しかったと口にすると、今朝ロマンスカーで投げかけられた質問を思い出さずにはいられなかった——美味しいってどういうことか分かるかい。

考えな、と言われたからにはもっと考えるべきなのだろうか。買ったばかりのゲームのことは、いつのまにか気にならなくなっていた。

洋菓子店でのんびり時を過ごして外に出ると、もう日は傾いていた。人通りが急に少なくなり、建物の陰に入った歩道には一足早く夜が訪れているようだった。

並んで坂を上りきった卓郎たちは地下鉄の銀座《ぎんざ》線に乗った。祖母にとって一番思い出深い銀座の店で夕食を摂《と》るという。もちろん卓郎が初めて行く場所だった。

今日回った新宿や表参道とは違う、大人の雰囲気が銀座には漂っている。仕立てのよさそうなスーツ姿の男性や毛皮のコートを着た女性が目に付く。耳慣れない言葉に振り向くと、観光客らしい外国人たちが談笑しながら歩いていた。

祖母が目指していたのは古いビルの一階にあるビアホールだった。店内にそびえる太い柱や壁、床に至るまでびっしりとタイルが張られている。大理石のカウンターの奥にも巨大なモザイクタイルの壁画が飾られていた。黒くすすけたような高い天井が歴史を感じさせる。まだ夜というには早い時刻だったが、もうテーブルはほとんど埋まっていた。

「このビアホールはね、あたしがあんたぐらいの年にできたんだよ」

カウンターのそばにあるテーブルに着くと、祖母が説明してくれた。だとすると、開店から五十年以上経っていることになる。ウェイターがしなやかな身のこなしで近づいてくる。祖母はためらいなくビールのジョッキを注文する。

「少しぐらいならあんたも飲んでいいよ」

昭和の終わり頃は、まだ未成年の飲酒に大らかな時代だった。興味がないと言えば嘘になったが、卓郎は首を振ってコーラを注文した。もし飲酒したと両親に知られたら面倒なことになる。特に母からの説教は免れないところだし、何より祖母と母の新しい火種になりかねない。

祖母もそれ以上勧めず、料理のメニューから焼きソーセージと牛肉の煮込み、もう空腹になった卓郎のためにナポリタンを注文してくれた。

飲み物はすぐに来たので、とりあえず乾杯する。ジョッキに注がれた琥珀色《こはくいろ》のビールは、一気に半分ほどなくなってしまう。祖母が飲酒する姿を見るのは初めてだった。

「そんな急に飲んで大丈夫なの」

「大丈夫だよ。この一杯のために今日は色々我慢したんだ」

弾んだ声からは機嫌の良さが伝わってくる。祖母は満足げに息をついて、創業当時から変わらないという天井を見上げた。モダンな丸いシャンデリアが温かな光を放っている。

「大人になったらここで酒を飲むのが、娘時代のあたしの夢だったんだ」

祖母が低くつぶやいた。

「でも大人になって結婚した頃には、もうアメリカとの戦争が始まっててね。ビールや料理を楽しむどころじゃなかった……何年か経ってやっと終戦になったと思ったら、今度は進駐軍専用の店になっちまって。昔みたいに誰でも入れるビアホールに戻った時、肝心の旦那《だんな》はもうこの世にいなかった」

卓郎はコーラのグラスから顔を上げる。「ここで酒を飲む」のは一人で、ということではない。大事な人と一緒に、という意味だ。

母方の祖父は一人娘——卓郎の母が生まれてすぐに亡くなったと聞いている。海外の戦地からかろうじて生きて帰ってきたが、体調を崩して寝込むことが多かったそうだ。

夫を失った後、祖母は娘を親戚《しんせき》の家に預けて働き始めたという。

「それからはずっと一人でここへ来てる。今日回った店も大抵そうだ」

そこでまた一口ビールを飲む。今度は軽く口を付けるだけだった。ずっと一人で来ているなら、卓郎と回っている今日が例外ということになる。

ふと、祖母が本当に食べ歩きをしたい相手は別にいる気がした。表参道のケーキ屋は同性と、銀座のビアホールは大人と一緒にいる方が入りやすい。

相手が卓郎の母だったら、申し分なかったはずだ。

もちろん本当のところは分からない。卓郎の考えが正しかったとしても、祖母は決して認めないだろう。

テーブルに料理が運ばれてきた。例によって祖母は一口か二口食べるだけだから、ほとんどは卓郎のものだった。

牛肉の煮込みはほんのりと辛い味付けで、葱《ねぎ》のアクセントが利いている。肉の柔らかさが信じられなかった。ソーセージの方は前歯を押し返すような弾力があり、添えられている酸味のあるキャベツ——ザワークラウトだと教えてもらった——とよく合っていた。

何より印象に残ったのはナポリタンだった。具はソーセージとベーコンとピーマン程度で、これという特徴があるわけでもない。どこの家庭でも作られているスパゲッティ料理なのに、もったりとしたケチャップの主張は強くない。酸味と甘さと香ばしさのバランスが絶妙で、銀座の有名店が作るとこうも違うのかと思った。

「気に入ったみたいだね」

何度もフォークを運ぶ卓郎の姿に、祖母は薄く笑った。それから自分もフォークを伸ばしてきた。

「一口もらうよ。あたしのお気に入り料理でもあるんだ」

ビアホールだから当然だが、どの料理も飲み物の欲しくなる味だった。ビールを飲んでいる大人の気持ちが少し分かった。

「酒が飲める年になったら、また来たいな」

考えていることが口を突いて出た。残りのビールをゆっくり飲んでいた祖母が、じろりと卓郎を眺める。

「あたしと一緒にかい」

黙って卓郎はうなずいた。

「そりゃ、ずいぶん先の話だね。年寄りには酷な注文だ」

祖母は鼻を鳴らして笑う。嫌なわけではなさそうだ。卓郎も釣られて微笑んだ。

注文した料理を全て平らげても、卓郎の空腹は治まらなかった。追加で鶏の唐揚げを頼む。これも間違いなく美味《おい》しいはずだ。

「美味しいって、結局どういうことなの」

卓郎は尋ねる。少し首をかしげてから「ああ」と祖母は言った。

「ロマンスカーでの話か。まだ憶《おぼ》えてたんだね」

「自分で質問したくせに……ちゃんと説明してよ」

一日過ごすうちに分かってきた。「考えな」という言葉に深い意味はない。勿体《もったい》つけた謎かけを楽しんでいるわけではなかった。あれをきっかけにして、こんな風に気安い会話を交わしたかっただけなのだ。案の定、祖母は答えをためらわなかった。

「本当に美味しいってのはさ、ただ味がいいってだけじゃないんだよ」

祖母はビールのジョッキを傾けて、最後の一口を飲み干す。口元には満足げな笑みが漂っていた。

「いつまでも、その味を忘れないってことなんだ」

＊

「遅れてごめん」

追憶に沈んでいた卓郎は、声をかけられて我に返った。

三十五年前は祖母の前にあった空のジョッキが、今日は卓郎の前に置かれている。彼はあの時と同じ銀座のビアホールにいた。盛況ぶりは昭和の終わりと変わらない。年月の経過が信じられないほどだ。

「レポートがなかなか仕上がらなくてさ」

椅子に腰かけながら息子が言った。身に着けている無地のシャツやワイドパンツには皺《しわ》も染みもない。他の家事は知らないが、洗濯は最低限やっているようだ。新幹線で東京へ来た卓郎は、このビアホールで息子と待ち合わせていた。少し遅れるというLINEのメッセージがあったのは二十分ほど前だ。

「いや、大して待ってない。あっという間だったよ」

卓郎たちがいるのはカウンターの目の前にあるテーブルだ。さっき一杯目のビールを飲んでいる時、初めてここへ来た時と同じテーブルに案内されたと気付いた。昔のことを思い出さずにはいられなかった。

ドリンクのメニューを渡そうとしたが、息子はスマホから目を離さなかった。

「ビールでいい。レポート見直して提出するからあと二分半待ってて」

二分半、という妙にはっきりした区切りが耳に残る。卓郎は息子の一杯目と一緒に自分のお代わりも注文した。若者がスマホを操作する指の動きはいつ見ても驚きだ。

レポートの執筆や推敲《すいこう》にパソコンを使わないことに違和感はあるが、今の大学生には当たり前のことらしい。

息子は都内で一人暮らしをしながら私立大学に通っている。今月、二十歳になった。飲みに行かないかと誘うと、案外素直に応じてきた。店選びも父さんに任せるという話だった。

「終わった！　今日はもうやることなし！」

息子がテーブルにスマホを伏せたのは、本当に二分三十秒後だった。ちょうど注文したビールがやってきたので、乾杯の前に料理を注文することにした。三十五年前と同じようにソーセージと牛肉の煮込みを頼んでから息子の希望を訊《き》くと、ナポリタンが食べたいという。妙なところで家族は似るものだ。他にカツサンドとローストビーフも。食欲はあの時の卓郎を超えているかもしれない。

オーダーを取ったウェイターが離れていった後、ジョッキを上げて乾杯した。

「それにしても、親に誘われてよく来る気になったな」

疑問に思っていたことを口にすると、息子は苦笑いを浮かべた。

「乾杯して一言目がそれなんだ。そっちが誘ったんじゃないか」

「そうだけど、断られてもおかしくないと思ってたよ」

息子が酒を飲んでいる姿は新鮮だった。アルコールが嫌なら別の店にするつもりだったが、酒の席は嫌いではないとのことだった。

「まあ、奢《おご》られるのは好きだから。それに母さんが言ってたんだよ」

「何を？」

「父さんは意外と東京の美味しい店に詳しいって」

卓郎は黙ってビールを飲んだ。それは祖母のおかげと言っていい。『ドラゴンクエストⅢ』を買った冬の日の後も、時々二人で「食べ歩き」に行くようになった。路地裏にあるカウンターだけの蕎麦屋《そばや》、坂の途中にある煉瓦《れんが》張りの台湾料理店、ミルクセーキが出てくる古い喫茶店など、必ずしも一流の高級店ではないけれど、知っていると話の種になるような気の利いた店を祖母はたくさん知っていた。

ただ、成人したらこのビアホールで飲むという約束は果たせなかった。卓郎が高校三年生だった夏、祖母は脳出血で突然息を引き取った。成人式の後は両親と一緒に上京してここへ来た。結婚する直前に妻を案内したこともある。人生の節目節目に家族と訪れてきた。

注文した料理がテーブルに並べられ、息子がさっそく箸《はし》を手にした。みるみるうちに料理が減っていく。卓郎には過去のものになった旺盛《おうせい》な食欲が眩《まぶ》しく見える。あの日の祖母もこんな風に自分を眺めていたのかもしれない。

とはいえ、卓郎もそれなりに空腹だ。ナポリタンを自分の皿に取った。祖母もお気に入りだと言っていた味は、あの頃とほとんど変わらない。そういえば、このナポリタンを母も好んでいた。

母は今、昔の祖母と同じように胃を患って入院している。先日見舞いに行った時「銀座で食べたナポリタンをよく思い出すんだよ」としみじみ語っていた。すっかり痩《や》せてしまった母は、小田原へ引っ越してからの祖母に驚くほど似てきている。本人に言ったことはないが。

亡くなった祖母となぜああも折り合いが悪かったのか、一体昔何があったのか、母に問いただしたことはない。それについては口を閉ざしているし、祖母の方も最期まで語らなかった。とはいえ二人ともこのナポリタンの味を長く忘れずにいる。自分はそれだけ知っていればいいと卓郎は思っている。

「うん、美味しい。いい店だな。俺にはちょっと高いけど」

ナポリタンを口に運びながら、息子はしきりに感心している。

「美味しいっていうのは、いつまでもその味を忘れないってことらしい」

「何それ。誰かの名言？」

「いや、代々伝わるうちの家訓だ」

真面目に答えたつもりだったが、息子は肩を軽く揺らして笑った。

「聞いたことないよ。今、思いついただろ……父さんって、たまに変なこと言うよな」

二人のジョッキが同時に空になった。まだ息子も飲めるというので、もう二杯注文する。この子もこれから年を取っていき、忘れられない味をいくつも積み重ねていくだろう。そしてあの料理を食べたいと思った時、もう一度食べられるのは幸運だと知る日がきっと来る。

三十五年前、卓郎が祖母と一緒に行った表参道の洋菓子店は数年前に閉店した。バタークリームの詰まった、あのプランセスを味わう日は二度とないだろう。新宿東口の洋食店は今も健在だが、今のメニューからベーコンエッグはなくなっている。

「時々、こんな風に家族で外食しないか。今度は母さんやお祖母《ばあ》ちゃんも一緒に」

「いいよ」

柔らかなローストビーフを自分の皿に取りつつ、息子は上の空で即答する。いつまでも忘れない味を誰かと分かち合えるのは幸せだ。三十五年前、食事に夢中な孫を眺めながら、祖母も同じように考えていたのではないか。

今夜は崎陽軒のシウマイを買って帰り、仏壇に供えようと思う。もうすぐ祖母の命日だ。

オーロラが見られなくても

近藤史恵

近藤史恵（こんどう・ふみえ）

一九六九年、大阪府生まれ。九三年『凍える島』で第四回鮎川哲也賞を受賞して作家デビュー。二〇〇八年『サクリファイス』で第十回大藪春彦賞を受賞。主な著書に『みかんとひよどり』『シャルロットの憂鬱』『マカロンはマカロン』『インフルエンス』『歌舞伎座の怪紳士』『それでも旅に出るカフェ』など。

空港を出ると、なにもなかった。

覚悟していたほどは寒くない。まだ蒸し暑さの残る九月の東京とは全然違って、肌寒いくらいだったけど、薄手のダウンを着ていれば、快適だ。

ただ、あまりにもなにもないので、戸惑うことしかできない。

日本なら、小さな地方空港でも、近くにホテルや商業ビルが存在しているのに、この空港は、建物から出ると、駐車場があるだけだった。

ビルなど、見渡す限り、どこにもない。重苦しい雲に覆われた空が地面近くまで続いている。

それなのに、ここはこの国で唯一の国際空港なのだ。

アイスランド、ケプラヴィーク空港。小さな国だが、男女平等も進んだ先進国なのに、まるで離れ小島にひとつだけある空港みたいだ。

ありがたいのは、迷うことがないことだ。予約したバスの時間には少し早いが、バス会社の名前が車体に書かれたバスが、駐車場の真ん中に停まっている。

わたしは古いスーツケースを引きずって、そのバスに向かった。

海外旅行は二十年ぶりで、しかも自分の意思で日本を出たのは、はじめてのことだ。

それなのに、個人旅行を選んでしまったことには、やはり不安はある。

英語だって片言しか話せない。一応、空港からのバスや、ホテルや、氷河湖を見に行くツアーなどは、日本語のウェブサイトから予約できたが、トラブルが起きてしまえば、なにも対処できない。

無謀な旅だということはわかっている。

それでも、わたしの人生、多少無茶でも、ひとつくらいやりたいことをやってみたかったのだ。


バスの出発時刻が近づく。乗っているのは、ほとんど白人の観光客ばかりで、日本人の姿はない。韓国人らしき若い男女が、わたしの後ろに座っているだけだ。

バスはアナウンスもなく発車した。

窓の外を見ていても、なにもないとしか言えなかった。小高い丘はあっても、大きな山もなければ、森も林もない。建物だって、ごくたまにしかないし、木すらめったに生えていない。ただ、ひたすら草原が続くだけ。

本当に、こんなところにきて、楽しめるのだろうか。安くはない旅費だったのに、貴重なお金を無駄にしてしまったのではないだろうか。

パリにでも行けば、もっと楽しい旅行になったかもしれない。

一瞬、そう思ってしまって、すぐに打ち消した。

華やかな美しい街では、立ちすくんでしまう自分しか想像できなかった。日本で、テレビや雑誌を見ているときも、豪華なホテルやレストラン、同世代のおしゃれな人たちを見るたびに、ほんの少し、傷ついている自分に気が付いていた。パリやニューヨークで楽しく過ごせる自信などない。

アイスランドにきたいと思ったのは、テレビで美しく巨大な滝を見たからだ。こんな景色を自分で見たいと思った。

本当は、こんなことをしている場合ではない。仕事もなく、この先の生活がどうなるかもわからない。高卒で、四十目前まで働いたことのない女を、社会がどう扱うかは、痛いほどわかっている。

父が残した貯金を、兄と二分の一ずつ相続した。まだ父の残した家があり、帰ったらあらためてそれを売る相談を兄としなければならないが、家を売ったとしても一生生きていけるような大金にはならない。すぐに飢えて死ぬことはない、というだけだ。

この先、働くとしてもなにができるのだろう。スーパーのレジ打ちは、まだ祖母の病気がそれほど重くなかったときにやったが、それ以外でできそうなことが思い浮かばない。介護を仕事にするには体力が必要だろうし、コンビニエンスストアはあまりにも覚えることが多すぎる。

どんなに楽観的に考えても、輝かしい未来なんて想像できない。

結婚するのも、絶対嫌だ。ようやく家族から解放されたのに、また新しい家族が増えるなんてぞっとする。それに、結婚相談所でも四十代の女性は、はるか年上の男性にしか需要がないと聞いた。

（じゃあ、なにをするんだ？）

少し呆《あき》れたような声が頭の中に響いた。兄の声だった。

実際に兄にそう言われたわけではない。自分を責めたくなるとき、わたしの頭の中には、いつも家族の声が響くのだ。祖母の声、そして兄の声、もう忘れたい父の声。

わたしは首を振って、家族のことを頭から追い出した。父も母も祖母ももういない。兄も、積極的にわたしに関わってくることはないだろう。兄には家族がいるし、どちらかといえば、向こうの方がわたしとは距離を置きたがっている。

もうわたしを縛るものはない。そう思うと、少しだけ気が晴れた。

ずっと草原を走っていたバスは、ようやく、レイキャビクの街の中に入った。まるで小さな住宅街だ。たまに集合住宅らしき建物があるが、せいぜい五階か六階建てだし、あとは一軒家ばかり。親戚《しんせき》が住んでいる高松《たかまつ》や岡山《おかやま》でももっと賑《にぎ》やかだ。

ここが首都で、アイスランド第一の大都市。

東京で生まれ育ったわたしにとっては、信じられない光景だった。

海沿いを走り、ある場所でバスは停まった。運転手がホテルの名前を言った。わたしが泊まるホテルの名前だった。

わたしはあわてて、バスを降りた。トランクから、スーツケースを出してもらう。予約の時、ホテルの名前を書かされたが、まさかホテルの前で停めてもらえるとは思っていなかった。レイキャビクのどこかで降ろされて、自力でホテルまで辿《たど》り着かなければならないのだと思い込んでいた。

少しだけ、重苦しい気持ちが楽になった。小さな二階建てのホテルに、わたしは足を踏み入れた。

ホテルの部屋は、小さいけど清潔で快適だった。

バスタブがなく、シャワーだけだが、わたしも家ではだいたいシャワーだけですませるから気にならない。インテリアもシンプルで、品良くまとまっている。椅子の上にムートンらしき毛皮が掛かっているのが、北欧っぽい。

日本でももう長いこと旅行などしていないから、一泊三万円近いこの値段が適正なのかはわからない。日本だと、同じ値段で夕食付きの温泉旅館に泊まれるのではないだろうか。だが、アイスランドの物価は、とても高い。そのことが常にちくちくと胸に突き刺さる。

自分で稼いだお金でもないのに、こんな遠くまできて、身の丈に合わない無駄遣いをしている。そう思わずにはいられない。

シャワーを浴び、ムートンのかかった椅子に腰を下ろす。長いフライトで疲れたせいか、逆らいがたい眠気が押し寄せてくる。部屋の中は暖かいけれど、椅子の上で眠って風邪など引いたら、せっかくの旅行が台無しだ。

アイスランドに滞在するのは、四泊五日。明日《あした》は、氷河湖を見に行く日帰りツアーに参加する。その翌日は市内観光をしてオーロラ観測ツアー。その次の日にはゴールデンサークルと呼ばれる、レイキャビク近郊の世界文化遺産をめぐるツアーに参加する予定だった。

そして最終日は、空港に行く前に、ブルーラグーンという温泉施設に行く。

なんとか眠気を振り払い、目覚ましを掛けて、ベッドにもぐり込む。

長い期間、三時間以上続けて寝たことがない。眠りの浅い祖母が、何度も起きて、わたしを起こしに来るのだ。

部屋に鍵《かぎ》をかけて、祖母が入れないようにすると、今度は玄関のドアを開けて、外に出てしまい、近所のドアチャイムを鳴らしたりする。遠くまで行って、見つからなくなってしまい、警察沙汰《ざた》になったこともあった。

それならば、わたしが起きた方がずっといい。二階の部屋で、朝までぐっすり眠る父や兄を恨んだりもしたが、ふたりがわたしと部屋を替わってくれるはずもない。

八時間、せめて五時間でもぐっすり眠れるのなら、代わりになにを差し出してもいい。そんなふうに思った夜も数え切れないくらいある。それなのに、好きなだけ眠れるようになってからも、わたしの眠りは浅かった。

その夜も、わたしは何度も目を覚まし、そのたびに思った。

遠くまできてしまった、と。


氷河湖ツアーの迎えは朝八時と早い。時差は九時間だから、日本は午後五時。寝坊しないか不安だったが、六時半にすっきり目が覚めた。眠りが浅いのも悪いことばかりではない。

身支度を整え、一階に朝食を食べに降りる。宿泊費に含まれている朝食はセルフサービスのビュッフェだった。内容はあまり豪華ではない。コーヒーと紅茶、オレンジジュース、パンが何種類かとシリアル、ハムとチーズ、スモークサーモンとニシンの酢漬け、ヨーグルト、野菜はトマトだけ。

　まあ、普段も朝からそんなにいろいろ食べる方ではない。丸いパンとライ麦パンを取って、個包装されたバターを取った。あとはオレンジジュースと、コーヒーにミルクを入れたカフェオレがあれば、充分だ。

　丸いパンをちぎり、バターを塗って口に運ぶ。嚙《か》んだ瞬間、豊かな小麦の香りと、乳脂肪の甘い香りが鼻に抜けた。

　おいしいパンだった。バターも、普段食べているバターよりも味が濃い気がした。

　わたしはまじまじと、そのパンを見た。

　もちろんアイスランドの食について調べてはきている。あまり農産物の種類も多くはないし、昔から食べ物の入手に苦労してきた土地だから、伝統料理も干した鱈《たら》とか、発酵させたサメ肉とか、不思議なものが多い。その中でも、海産物や羊肉がおいしいとは聞いていた。だが、普通のパンが、こんなにおいしいなんて。

　ライ麦のパンは、ぎっしりと詰まっていて、少し酸味がある。そのままだと、日本人のわたしにはあまり馴染《なじ》みのない味だが、バターを塗るとおいしさが引き立った。あっという間にパンをふたつ食べてしまい、おいしかった丸パンを、もうひとつ追加で取ってきて食べた。

　正直言うと、食にはそれほど期待していなかった。だが、こんなおいしいパンが食べられるなんて。

グルメなわけでもないし、外食だってめったにしたことがない。祖母の介護をしている間、そんな余裕などなかった。それでも、家の近くにおいしいパン屋があって、そこのパンを買ってきて食べるのが楽しみだった。病院に祖母を連れて行くときも、帰りに必ず、車で遠回りをして、おいしいパン屋に寄った。この丸パンは、これまで食べたおいしいパンに引けを取らない。

迎えの時間が近づいてきている。わたしは荷物を持って、カフェテラスの席を立った。

ツアーの迎えも、ホテルごとにきてくれるから、旅慣れていないわたしも少し気が楽だ。ホテルの前にミニバンが止まった。車体にツアー会社の名前が書いてあるから、これでツアーに行くのだろうか。

降りてきた男性がわたしのバウチャーを確認して、車に乗れと言った。やはり、これで行くらしい。

戸惑いながら、車に乗り込み、空いている席に座った。斜め前の席に東アジア人の女性がひとり座っているのが見えた。

日本の人ではないだろうか、と、わたしはすぐに思った。選ぶ服、仕草、物腰、なぜか同じ国に住む人は、すぐにわかる。

三十代半ばくらいだろうか。美しい人だった。肌が透き通るくらいきれいで、髪も手入れされていることがわかる。なにより、姿勢がいい。凛《りん》としている。わたしはコンプレックスを感じることもできないくらい、圧倒的に垢抜《あかぬ》けている。

少しの間彼女にみとれた。

同じツアーなら、少し話をすることはできるだろうか。そう考えると胸は高鳴った。

このツアーは、ガイドは英語しか話せないが、日本語での説明が出るタブレット端末を貸し出してもらえると聞いている。わたしは英語が得意ではないから、ありがたい。

ミニバンは、大きな駐車場のようなところに到着した。ドライバーの男性が、わたしの乗るバスを指さした。どうやら、このミニバンはホテル送迎用で、氷河湖ツアーは大きなバスで行くらしい。

バウチャーを持って、バスに乗ると、ガイドらしき男性がわたしが座る席を指さした。

少し遅れて、さきほどの女性が乗り込んでくる。彼女も同じ氷河湖ツアーに参加するようだった。彼女はガイドの男性と、なにか英語で話している。ガイドの男性が、わたしの隣の席を指さした。

嘘でしょ？　と思う間もなく、彼女がわたしの隣に座った。

「こんにちは」

彼女は日本語でそう言って笑った。それだけでまわりが明るくなるようだった。声まで澄んでいて美しい。

「ガイドさんが、タブレットを共有してくれって言ってるんですけど、大丈夫ですか？」

どうやら、日本語翻訳用のタブレットがひとつしかないらしい。

「も、もちろんです」

焦って裏返った声が出た。彼女はまた微笑んだ。

「よかった。横失礼します」

そう言って、わたしの隣に座る。心臓がどきどきして、息が詰まりそうだった。

病院で会う看護師さんにもきれいな人はいたし、高校からの友達にもいる。なのに、彼女にこんなにときめいてしまうのは、彼女がどこか外の世界の匂いを漂わせているからかもしれない。

ずっと家にいて、家族の介護をしていたわたしが知らない世界の匂い。それがなんなのかはまだわからない。

だが、こんなふうに感じていることを悟られると、気味が悪いだろうから、落ち着いているふりをする。

バスは、あっという間にレイキャビクの小さな街を通り過ぎて、なにもない草原の道を走る。しばらくは会話をしなかった。

彼女はスマートフォンを弄《いじ》っていたし、わたしは窓の外の、なにもない景色を眺めていた。

彼女の方から挨拶《あいさつ》をしてくれたのだから、わたしの方から世間話でもした方がいいのだろうか。そう思ったけれど、なにを話していいのかわからない。

唐突にどんな仕事をしているのかとか、どこに住んでいるのかなんて聞くのは、失礼だ。かといって、どんよりとした曇り空を話題にするのは少し難しい。

草原に馬が放牧されているのが見えた。サラブレッドではない。小柄でぽってりとした体格をしていて、とても可愛らしい。ポニーよりも少し大きいくらいだろうか。

「馬だ」

思わず小さい声でつぶやくと、彼女がスマートフォンから顔を上げた。

「えっ、どこですか?」

馬を指さすと、彼女は小さな歓声をあげて、窓の方に身を乗り出した。

「可愛い!」

「ちょっと小さいですよね。北海道の馬みたい」

「本当ですね。近くで見たいなあ」

自然に会話ができて、ほっとする。彼女は座席に座り直すと、わたしを見た。

「アイスランドにはいつからいらっしゃるんですか？」

「昨日着いたばかりです」

「わたしは明後日《あさって》帰ります。一週間いたけど、天候が悪くてオーロラ、全然見られなかったんですよね」

そういうこともあるのだろうか。わたしも明日《あした》のオーロラ観測ツアーを予約しているが、明日の予報は曇りだ。見られなければ、翌日も参加できると聞くが、チャンスは二日しかない。

そのあと、しばらくアイスランドに関する世間話をした。食料を買うのも高いという話や、水道水は飲めるから、水は買う必要がないなどという話を聞いた。彼女は、キッチンとバスルームが兼用のゲストハウスに滞在しているという話だった。

ホテルを検索していたとき、ゲストハウスも考えてはみたが、英語は話せないし、他のゲストと交流する勇気もなくて、結局ホテルにしてしまった。

「海外旅行は、よく行かれるんですか？」

おそるおそるそう尋ねてみる。

「新型コロナが流行する前は、何度か。ニューヨークとか、ロンドンとか、ウィーンとか」

やはり旅慣れているのだ。

「わたしは、ひとり旅ははじめてなんです。海外旅行も、昔、家族でハワイに行ったとき以来」

思い切って言ってみた。見栄《みえ》を張ろうにも、海外の都市はほとんど知らない。

スーツケースは父が持っていた古くて大きいものを持ってきたが、パスポートは新たに申請し直した。まっさらの、入国スタンプがひとつもないパスポートで、わたしはこの島にやってきた。

「アイスランド、お好きなんですか？」

彼女がそう尋ねるのも当然だ。何十年ぶりかの海外旅行で、アイスランドにやってくるのはたぶん、かなりの物好きだ。

「好きというより、きてみたかったんです。テレビで大きな滝と、オーロラを見て、いつかここに行ってみたいと思ってました」

もう十年以上前だろう。恐ろしいほどの水量で轟々《ごうごう》と流れ落ちる滝に、たった一度で魅了されてしまった。

「ゴールデンサークルのグトルフォスかな。わたしも見てきました。雨上がりだったから、すごい水量でしたよ」

このツアーでもいくつか滝を見る予定だ。

ふいに思った。彼女はなぜ、この小さな国にこようと思ったのだろう。ニューヨーク、ロンドン、ウィーン。彼女が口に出した華やかな街と、この国はかけ離れている。それでもそれを聞くほど、親しくはなっていないことは、人付き合いになれていないわたしにもわかる。

途中、スコゥガフォスという大きな滝を見て、カフェテリアでフィッシュアンドチップスの昼食を取った。

スコゥガフォスの滝もすばらしかった。山の上から、絶え間なく大量の水が垂直に流れ、五十メートルくらい離れていても、水滴を感じるほどだった。

人間なんて、ほんのちっぽけな存在だと感じた。

一緒に昼食を取りながら、彼女が秋月《あきづき》千尋《ちひろ》という名前だということも聞いた。わたしも広畠《ひろはた》佳奈《かな》と名乗った。秋月さんはミュージカル俳優だと言った。

「どうりで……垢抜けていて素敵だと思った……」

そう言うと、秋月さんはあははと笑った。

「すっごいうれしいです。でも、アンサンブルなんです。名前のない役をいくつもやって、舞台を支える役割。それどころか……」

そう言って、彼女はその先を呑《の》み込んだ。

「無名だし、スターなんかじゃないです。普通の仕事と同じです」

ミュージカルなど観たことはないが、それでも実力がなければ舞台に立つことはできないのではないだろうか。

稽古《けいこ》がはじまってしまうと、長い休みは取れないが、仕事と仕事の間が空けば、旅に出るのだと彼女は言った。

「でも……コロナ禍のときは大変だったんじゃ……」

そう言うと彼女は頷《うなず》いた。

「最初の一年は、舞台が全部止まってしまって……ほぼ無収入みたいになってしまいました。でも、ちょっとずつ再開できたし今は大丈夫です。もちろん、大変でなかったとは言わないし、今でも、感染者が出たら公演中止にしなければならないけど」

華やかに見えるけど、簡単ではない。観たことがなくてもそのくらいはわかる。

彼女はわたしの仕事を聞こうとはしなかった。彼女は話題が豊富で、個人的な話をしなくても会話は弾む。大勢の人と接する仕事だからだろうか。

フィッシュアンドチップスは、熱々でおいしかった。アイスランドはイギリスと歴史的に関係が深いし、鱈《たら》も名産だから、フィッシュアンドチップスはよく食べられているらしい。秋月さんがモルトビネガーをかけたから、わたしもそれを真似した。

「ロンドンで食べたのよりおいしいかも……鱈がいいのかなあ」

チップスは細切りのフライドポテトではなく、こぶりなじゃがいもを丸のまま揚げていて、じゃがいもの甘さがよくわかる。

「アイスランド、パンもおいしいですよね」

わたしがそう言うと、秋月さんは頷いた。

「バターも！　あとアイスクリームもすごくおいしいです」

ということは、乳製品がおいしいのだろうか。スキールというヨーグルトに似た乳製品も有名だ。アイスクリームは絶対食べなければと心に誓った。

バスに戻り、氷河湖へ出発する。

なにもないように見えていた景色も、少しずつ違いがわかってくる。なだらかな山もあるし、美しい川もある。紅葉した低木が生えている地域も、真っ黒な地表が剝《む》き出しになっている荒涼とした場所もある。

不思議な土地だった。火山と大地、そして滝。厳しくて、一方でとても豊かだと感じる。

海に囲まれていて、火山がある点は日本と似ているけれど、まったく違う。

午後二時、バスはようやく氷河湖についた。ヨークルスアゥルロゥンという、日本語を母語とする人間にとっては、覚えにくい名前の湖で、アイスランドでいちばん深い湖だという。

フリースの上にダウンジャケットを着て、バスを降りる。秋月さんも山用らしき、ダウンジャケットを着ている。外に出て驚いた。

氷河につながっている湖だというから、寒いと思っていたが、それほど寒くはない。まだ九月だということもあるのだろうが、体感はせいぜい五度くらいだろうか。東京の冬でも、もっと寒い日はある。

しかも、駐車場から氷河湖は、目と鼻の先だった。

黒い岩が露出している道を歩いて行くと、視界が開けて、氷河湖が現れる。巨大な氷が湖にいくつも浮かんでいる。中には手を伸ばしたら、触れそうなほど近くまで流れてきている氷もある。

はじめて見る景色に、わたしはためいきをついた。秋月さんもつぶやく。

「すごい……」

この流氷はいったいどこから流れてきて、どこに行くのだろう。なにも言えずに、わたしはその場に立ちすくんだ。

寒々しく、冷たい景色なのに、胸を突かれるように美しかった。

氷河湖を見てしまえば、あとはレイキャビクに帰るだけ。長距離の移動だから、レイキャビクに帰り着くのは、夜の九時か十時になるだろうという話だった。

そんな時間から、食事をする場所はあるのだろうかと少し不安だが、ホテルの売店で、飲み物とスキール、それからクラッカーなどを売っていた。それでしのげるかもしれない。

ふいに秋月さんが言った。

「帰ったら、ヨーロッパでいちばんおいしいホットドッグ、食べに行きませんか？」

「えっ？」

ヨーロッパでいちばんおいしいホットドッグの屋台のことは、ガイドブックにも載っていた。市内観光をする日に食べようと思って、場所も調べてきている。

「でも、バスが到着するの、夜十時くらいですよね。まだやってるんでしょうか」

「やってますよ。深夜十二時までやってるそうです」

それには驚いた。静かな街だから夜が早いものだと思い込んでいた。

治安もとてもいいと聞くから、夜に出歩いても大丈夫だろう。幸い、秋月さんが泊まっているゲストハウスは、わたしのホテルからもそう遠くなかった。

秋月さんが、ガイドの人に声を掛け、ホテルではなく、ホットドッグの屋台の近くで降ろしてもらうことにする。

夜、ひとりで食事をしなくてもいいことにもほっとしたが、なにより、秋月さんがわたしを誘ってくれたことがうれしかった。

少なくとも、一緒にいて不快だったとは思われなかったということだ。

個人的なことにはなるべく踏み込まないようにしていたが、どうしても聞いてみたいことがあったから、思い切って口を開く。

「どうして、アイスランドにこようと思ったんですか？」

ニューヨークやロンドンに行くのはわかる。どちらも芝居やミュージカルが盛んだ。ウィーンはオペラだろうか。

「うーん、オーロラが見たかったからですかね」

そう言った後、彼女は少し笑った。

「そう東京の友達には言いました。どうしてアイスランドに行くのって聞かれたとき。それも嘘じゃないけど、本当は違うきっかけがあったんです」

それを聞いていいのだろうか。戸惑っている間に彼女は話し続ける。

「コロナ禍のはじめ。本当に世界中がロックダウンして、ブロードウェイもウエストエンドもすべての舞台が中止になったとき、レイキャビクの劇場で、ある舞台をやってたんです」

彼女はその時期を思い出すような遠い目になった。あのときは、先が見えなかった。

このまま、檻《おり》の中に閉じ込められてしまうのではないかと、ずっと家にいるわたしですら思った。

「そのニュースを見たとき、今すぐ、レイキャビクに行って、その舞台を見たいと思ったんです」

「それは……どんな？」

「観客がひとり、舞台の上に俳優がひとり。たったひとりの観客のために演じる舞台。詩の朗読をやっていたと聞きました。世界のほとんどで演劇が止まっても、こうやって安全な形で、灯《ともしび》を絶やさないようにしてくれている場所がある。そう思うと、すごく勇気づけられたんです。もちろん、今はもうやってないけど、それをやっていた劇場を見て、空気を感じたいと思いました」

「素敵な話ですね」

舞台のことをよく知らないわたしでも、胸を打たれた。なにより、ただ大きな劇場で、大勢の人を相手に演じる形式だけが、演劇ではないのだということも、はじめて知った。

華やかな場所など、わたしには遠いものだと思っていた。でも、そんな舞台ならば、わたしが見に行っても疎外されたような気持ちにはならないのではないだろうか。

「わたしも見てみたいなあ」

思わずそうつぶやいた。

「アイスランド語だから、実際は見てもわからないとは思うんですけどね。アイスランド語、めちゃくちゃ難しいらしいんですよ。世界一難しい言語と言う人もいるんだそうです」

英語ですら話せないのに、それは絶対無理である。

それでも、知らない言葉の響きを聞くのは、好きだ。同じツアーの参加者から聞こえるフランス語もロシア語も中国語も、わたしにとっては音楽みたいだ。

ふいに思った。なにかひとつくらい、言葉を勉強してみてもいいかもしれない。

それはわたしの人生に、ひさしぶりに点《とも》った、遠い目標だった。


長い距離を走り、レイキャビクに帰ってきて、驚いた。

夜なのに、街は煌々《こうこう》と輝いている。車も走っていて、劇場や市民ホールらしき大きな建物もある。

ずっとほとんどなにもない道を走り続けてきたから、わかる。ここは大都会だ。

不思議だった。昨日きたときは、信じられないほど田舎だと思っていたのに、今は全然違って見える。

なんだか、急に目頭が熱くなった。もしかしたら、世界はそういうものかもしれない。未来に希望なんてないと思っていたけど、違う場所から見たら、まったく違うように見えるのかもしれない。

バスを降りたときには、完全な空腹だった。秋月さんと一緒に、早足でホットドッグスタンドがある場所に向かう。秋月さんが言った。

「『全部のっけ』がおすすめらしいですよ」

「全部のっけ？」

「トッピングもソースも全部のせてもらうんです。たしか、生玉葱《たまねぎ》とフライドオニオン、ケチャップにマスタード、タルタルソース」

それはどう考えてもおいしいだろう。

夜遅いのに、スタンドにはお客さんが並んでいた。後ろに並んで、ホットドッグとコーラを買い、カードで支払いをする。アイスランドは完全なキャッシュレス社会で、ドライブインであろうと、屋台であろうと、パン屋であろうとどこでもカードが使えるという話だった。

熱々の「全部のっけ」のホットドッグを受け取り、近くにあるテーブルでかぶりつく。

ソーセージの肉汁が口の中にあふれ出す。生玉葱のさわやかさと、フライドオニオンのコク。そしてソースとマスタードが絡み合い、ジャンクだけど複雑なおいしさを生み出している。

なにより、肉の風味がいつも食べているソーセージと全然違う。

「これは……豚じゃないですよね」

「ラムのソーセージだそうです」

なるほど、ラムのソーセージははじめてだ。クセはそんなに感じない。

先に食べ終えて、メールをチェックしていた秋月さんが残念そうな声を出した。

「あー、残念。明日《あした》も天気が悪くて、オーロラツアー、中止だそうです」

わたしにはまだメールはきていないが、秋月さんのツアーが中止なら、わたしの予約しているツアーも同じだろう。

「明日が最後の機会なんですよね」

明後日《あさって》には帰国すると聞いている。

「そうなんです。残念」

わたしも明日がダメなら、あと一日しかチャンスはない。

「まあ、また来ればいいか」

そう、ほがらかに言える秋月さんがうらやましいと思った。わたしはもう二度と、こんな冒険はできないかもしれない。

最後かもしれない。その気持ちを勇気にして言ってみる。

「わたしもたぶん、明日、オーロラツアーは中止だと思います。もし、夜からご予定がなかったら……」

「わ、晩ご飯ですよね。ぜひぜひ！」

わたしが言い終わる前に、彼女は笑顔でそう答えた。

「ひとり旅だと、晩ご飯、わびしいですもんね」

わたしはまだ旅先で、ひとりで夕食を取ったことがない。最初の夜は疲れて、そのまま眠ってしまった。

ヨーロッパでいちばんおいしいホットドッグを食べ終えると、わたしたちは連絡先を交換した。日本に帰ってしまえば、もう会うことはないかもしれないけれど、そのアドレスは、わたしにとって宝物のように思えた。

ホテルに帰り、シャワーを浴びて、髪を洗う。ドライヤーで髪を乾かしてから、メールをチェックすると、オーロラ観測ツアーの中止の連絡が届いていた。明日は一日雨らしい。

今日もときどき雨が降っていた。憂鬱《ゆううつ》だが、市内観光ができるのは明日しかない。

ゆっくり髪を乾かしながら、考える。ずっと、のんびりお風呂《ふろ》に入って、なんの心配もなく髪を乾かしたいと思っていた。

今は少なくともそれができる。

祖母に認知症の兆候が出たのは、わたしが大学一年生のときだった。母を中学の時に亡くし、それまでも家事はやっていたが、そこに祖母の介護が加わった。

当時のわたしは、まだ子供のようなもので、祖母を介護施設に入れるとか、在宅でも介護士を呼んで手伝ってもらうとか、考えることもできなかった。父も五つ年上の兄も、わたしが介護をするのは当然のように考えていた。

あっという間に、祖母の病状は悪化していき、わたしは大学にも通えなくなってしまった。留年することになると、父は学費を出すことを渋り、わたしはそのまま中退することになった。

最初は数年で終わると思っていた。だが、祖母は認知症はあっても、身体は健康だった。祖母を介護施設に入れることは、父が反対して、叶《かな》わなかった。兄は積極的に父の味方をするわけでもなかったが、だからといって、わたしの味方もしてくれなかった。

兄が結婚して、家を出て行き、わたしが三十歳を越えても、介護の日々は続いた。その頃には、ようやく、在宅介護のヘルパーなどを呼んで、自分の仕事を楽にすることも覚えたが、それでも長時間、家を空けるのは難しかった。

祖母を施設に入れることになったきっかけは、父の交通事故だった。背骨を骨折し、車椅子生活になった父と祖母のふたりを、わたしひとりで介護するのは難しく、父はこれまで拒絶していたのが嘘のように、祖母の入所を認めた。

祖母は、施設に入って二年で、息を引き取った。

父の介護は続いたが、去年、兄が帰省したとき、甥《おい》が学校で感染した新型コロナが、家族全体に広がり、父は肺炎で亡くなった。

父が死んでも悲しくないと思っていた。本当はずっと恨んでいた。なのに、わたしは父の葬儀で泣きじゃくった。

こんなふうに、この世界にわたしをたったひとり取り残すなんてずるいと思った。それならわたしが先に死んで、父を苦しめてやりたかったと思った。

なにもない。わたしの人生には、輝かしい経歴も、なんの思い出も。もっと早く、家族なんか振り払って、飛び出していけばよかった。

それでもそれをしなかったのはわたし自身で、わたしは常に自分のことも責め続けずにはいられない。

わたしの人生はパンしかないホットドッグみたいだ。全部のっけなんて、夢のまた夢なのだ。

秋月さんとは、ハルパというコンサートホールの前で、夕方六時に待ち合わせをした。

それまでの時間は、ゆっくり街を見て歩く予定だ。秋月さんはちょっと離れたショッピングモールに行ってみると言っていた。

朝食ビュッフェは、少し冒険して、スキールとニシンの酢漬けにも挑戦してみた。スキールはヨーグルトとはまた違うコクがあっておいしかったし、ニシンの酢漬けは、脂がのっている上に酸味がまろやかで、バターを塗った黒パンとよく合った。

やはり、パンが驚くほどおいしい。なにが違うのだろうと考える。昨夜、ネットでレイキャビクのおいしいパン屋を検索してみた。いくつか見つかったので、今日は昼ご飯代わりにパンの食べ歩きをするつもりだった。

ホテルを出て、有名なハットルグリムス教会に向かう。空を突くように尖《とが》った曲線の美しい建築物だ。教会の前に、モップみたいな大型犬がいて、わたしの匂いを嗅《か》ぎにきてくれた。飼い主さんに許可をもらってから触らせてもらう。もふもふした毛をゆっくり撫《な》でると、ゆるやかに尻尾《しっぽ》が揺れた。

教会の中もシンプルだが洗練された内装でため息が出そうだった。椅子に座って、しばらく静けさを味わってから、塔のてっぺんまでエレベーターで昇る。

色とりどりの屋根が並んだレイキャビクの街並みが一望できる。東京と比べたら小さな街だけれど、海沿いにはガラス張りの美しい現代建築などもあり、とても洗練されている。美しい街だ、と思った。わたしが知っている都会と違うだけで、ここも都会なのだ。

昼食には、調べたパン屋で、丸パンとシナモンロール、そしてドーナツを買った。どれも大きくて、お腹はいっぱいになってしまったが、やはりどれもおいしい。丸パンは、バターをつけなくても小麦の香りが口いっぱいに広がったし、シナモンロールもブラックコーヒーととても合った。カルダモンらしき香りもして、日本で食べるシナモンロールとは全然違う。そして、ドーナツ。ただ砂糖をかけた揚げドーナツなのに、なんだか妙においしいのだ。生地に少し塩気があって、それが甘さを引き立てる。

雨がぽつぽつ降ってきたから、目抜き通りのロイガヴェーグル大通りで、レインジャケットを一枚買った。

鮮やかな黄色で、日本にいたときのわたしなら絶対選ばない色だが、それが欲しいと思った。

ハルパは海沿いにある巨大なコンサートホールだった。

昨日の帰り道も、教会の塔の上からも見えた。レイキャビクのランドマークのひとつだろう。

秋月さんは先に来て、ベンチに座って海を眺めていた。わたしに気づくと大きく手を振る。

「そのレインジャケット、素敵」

褒めてもらったのでお礼を言う。わたしは彼女と並んで座った。

「お腹空《す》きました？」

そう聞かれて、わたしはちょっと考えた。まだお昼のパンが少しお腹に居座ってる感じだ。

「食べられますけど、すごく空いてる……ってわけじゃないです」

「わたしも。よかったらちょっとおしゃべりしませんか？」

わたしは頷《うなず》く。秋月さんは、少し前屈《かが》みの姿勢になった。

「スウィングって知ってます？」

スウィング。単語としては聞いたことがある。たしかジャズ用語かなにかではないだろうか。でも、どういう意味かは知らない。

「ミュージカルのスウィングは、いくつもの役の歌と踊りを覚えて、誰かが休演したとき、すぐにでもその人の代わりに舞台に立てるように控えている役割なんです」

「すごく大変……」

「そう、めちゃくちゃ大変なんです。このあいだの舞台で、わたし、そのスウィングとして三ヶ月過ごしたんです。東京で一ヶ月、その後地方を回って二ヶ月。忘れないようにずっと稽古《けいこ》もして、いつでも舞台に立てるように準備を欠かさずに、三ヶ月。最終的に誰も休演せずに、公演は最後まで走りきることができました。それは素晴らしく、幸せなことだし、コロナ禍では本当に難しいことだった。だから、残念だったとか、そんなふうにはまったく思ってない。その舞台も、カンパニーのみんなのことも大好きだった」

彼女はそう言って微笑んだ。

「でも、なんだろう……やっぱり心のどこかが傷ついている気がするんです。それはわたしの仕事で、きちんと報酬ももらっていたし、スウィングをやれるのは、実力がある人だけだから、キャリアとしてちゃんと次にもつながるんです。でも、心のどこかに、言うことを聞かない赤ん坊がいて、だだをこねている気がするんです。わたしも拍手を浴びたかったたって」

そう言ってから、こちらを見た秋月さんは驚いた顔になった。

「ちょっと佳奈さん、どうして泣いてるんですか！」

「え……わかんない……」

自分でも気づかないうちにわたしはボロボロ泣いていた。

わたしも傷ついている。心のどこかで赤ん坊が泣いている。輝かしくて、まったく違う場所にいる彼女が、同じ思いを抱いているなんて、知らなかった。

「大丈夫です。わたし、大丈夫だから、泣かないで……」

「違うの……、これは……」

たぶん、わたしは、わたしのために泣いているのだ。

わたしが涙を拭《ぬぐ》うと、秋月さんはようやくほっとした顔になった。

「だから、佳奈さん、一曲だけわたしの歌とダンス、見てくれませんか？　わたしのたったひとりの観客になってくれませんか？」

「もちろんです！」

彼女は微笑むと、すっくと立ち上がった。

空気が一瞬で変わった気がした。

彼女はアカペラで歌い始め、踊り始める。聞いたことがないアップテンポの曲と、英語の歌詞。だが、彼女の声は澄んで、マイク無しでも遠くまで届きそうで、ダンスはまるで宙に浮いているように優雅だった。

コケティッシュな表情と、微笑み、まるで大輪の花が咲くみたいだと思った。

あっという間に、彼女のまわりには人だかりができる。

一曲は、短くて、それなのに、永遠に続いたように思えた。着ているのはレインジャケットと撥水《はっすい》生地のパンツなのに、彼女がターンをすると、華やかなドレスのようにジャケットの裾《すそ》が広がった。

彼女が歌い終わると、あちこちから拍手が上がった。わたしも掌《てのひら》が真っ赤になるくらい拍手をした。

彼女は、ちょっと照れたように微笑んだ。

その後、彼女はあと二曲、歌とダンスを披露してくれた。

人だかりが大きくなりすぎたので、ふたりでハルパの前から逃げ出し、海沿いにあるハンバーガーショップに入った。

ハンバーガーショップは、十代くらいのわかい男の子が、ひとりでやっているようだった。

ふたりともチーズバーガーセットを注文した。注文を受けてから調理をはじめるらしく、少し時間がかかると言われた。

男の子は調子っぱずれの歌を歌いながら、フライドポテトを揚げはじめた。

席について、わたしはようやく、自分がこれまで介護をしてきた話をした。秋月さんは、眉間《みけん》に皺《しわ》を寄せた。

「それって、おかしくないですか？　介護をしてきた佳奈さんと、しなかったお兄さんとで遺産の取り分が同じだなんて……」

「そう……かな」

「そうですよ。外部のヘルパーさんや介護施設に頼んでいたら、その分お金もかかっていたわけで、佳奈さんにはもっと要求する権利があると思います」

それを言えば兄と揉《も》めるのではないか、と言いかけたが、すぐに気づく。どうせ、この先、わたしが生活に困れば、疎遠になっていくのは間違いない。介護しているときにも、まったく協力してくれなかった。揉めたってかまうものか。

まだ、これから家を売って、それを分配する。もし、多くもらえたら、資格を取ったり、勉強をし直したりもできるかもしれない。

「そうだよね。言ってみる」

ちょうど、目の前にチーズバーガーと山盛りのフライドポテトの入ったカゴがふたつ置かれた。男の子はウインクをすると、また歌いながら、カウンターの中に戻っていった。

わたしと秋月さんは同時に噴き出した。

わたしはハンバーガーの包み紙を開けて、一口齧《かじ》った。

「おいしっ！」

思わず声が出た。こんなおいしいハンバーガーを食べたのははじめてだ。ジューシーなパテと、味の濃いチーズ。ピクルスもたっぷり挟まっている。

「ポテトもすごくおいしいんですけど！」

秋月さんが驚きの声を上げる。わたしもポテトを一本食べてみた。火傷《やけど》しそうなほど熱々で、じゃがいもがほくほくして甘い。いくらでも食べられそうだ。

わたしと秋月さんは、まだ歌い続けている男の子の方を見た。秋月さんが囁《ささや》く。

「すごい名人だったりして……」

「それとも材料が違うの？」

「あ、そういえば」

秋月さんがなにかを思い出したように言う。

「アイスランドは風が強くて、植物が育ちにくいから、その分、食材は貴重で、大切に使うんだと聞いたことがあります」

だから、パンや、バターや、ハンバーガーや、フライドポテトなど、シンプルなものがおいしいのだろうか。

秋月さんはポテトを一心不乱に食べはじめた。

「ヤバい。揚げ物はあんまり食べないようにしてるんだけど、これは食べちゃう……」

「日本に帰ったら、これは食べられないんだから、食べていいと思いますよ！」

わたしもこれは残せない。

わたしたちはふたりとも頑張った。だから、これはわたしたちへのご褒美なのだ。

本書は文庫オリジナルアンソロジーです。

おいしい旅《たび》

しあわせ編《へん》

大崎《おおさき》 梢《こずえ》／近藤史恵《こんどうふみえ》／篠田真由美《しのだまゆみ》／
柴田《しばた》よしき／新津《にいつ》きよみ／松村比呂美《まつむらひろみ》／三上《みかみ》 延《えん》
アミの会《かい》＝編

令和5年 10月25日　初版発行

発行者●山下直久

発行●株式会社KADOKAWA
〒102-8177　東京都千代田区富士見2-13-3
電話　0570-002-301（ナビダイヤル）

角川文庫 23852

印刷所●株式会社暁印刷
製本所●本間製本株式会社

表紙画●和田三造

ISBN 978-4-04-113871-7　C0193

◇◇◇

角川文庫発刊に際して

角川源義

第二次世界大戦の敗北は、軍事力の敗北であった以上に、私たちの若い文化力の敗退であった。私たちの文化が戦争に対して如何に無力であり、単なるあだ花に過ぎなかったかを、私たちは身を以て体験し痛感した。西洋近代文化の摂取にとって、明治以後八十年の歳月は決して短かすぎたとは言えない。にもかかわらず、近代文化の伝統を確立し、自由な批判と柔軟な良識に富む文化層として自らを形成することに私たちは失敗して来た。そしてこれは、各層への文化の普及滲透を任務とする出版人の責任でもあった。

一九四五年以来、私たちは再び振出しに戻り、第一歩から踏み出すことを余儀なくされた。これは大きな不幸ではあるが、反面、これまでの混沌・未熟・歪曲の中にあった我が国の文化に秩序と確たる基礎を齎らすためには絶好の機会でもある。角川書店は、このような祖国の文化的危機にあたり、微力をも顧みず再建の礎石たるべき抱負と決意とをもって出発したが、ここに創立以来の念願を果すべく角川文庫を発刊する。これまで刊行されたあらゆる全集叢書文庫類の長所と短所とを検討し、古今東西の不朽の典籍を、良心的編集のもとに、廉価に、そして書架にふさわしい美本として、多くのひとびとに提供しようとする。しかし私たちは徒らに百科全書的な知識のジレッタントを作ることを目的とせず、あくまで祖国の文化に秩序と再建への道を示し、この文庫を角川書店の栄ある事業として、今後永久に継続発展せしめ、学芸と教養との殿堂として大成せんことを期したい。多くの読書子の愛情ある忠言と支持とによって、この希望と抱負とを完遂せしめられんことを願う。

一九四九年五月三日

角川文庫ベストセラー

おいしい旅　想い出編

秋川滝美、大崎　梢、柴田よしき、新津きよみ、福田和代、光原百合、矢崎存美　編／アミの会

昔住んでいた街、懐かしい友人、大切な料理。温かな記憶をめぐる「想い出」の旅を描いた書き下ろし7作品を収録。読めば優しい気持ちに満たされる、実力派作家7名による文庫オリジナルアンソロジー。

おいしい旅　初めて編

近藤史恵、坂木　司、篠田真由美、図子　慧、永嶋恵美、松尾由美、松村比呂美　編／アミの会

訪れたことのない場所、見たことのない景色、その土地ならではの絶品グルメ。様々な「初めて」の旅を描いた7作品を収録。読めば思わず出かけたくなる、実力派作家7名による文庫オリジナルアンソロジー。

スノーフレーク

大崎　梢

亡くなってしまった大切な幼なじみの速人。だが6年後、高校卒業を控えた真乃は、彼とよく似た青年を見かける。本当は生きているのかもしれない。かすかな希望を胸に、速人の死に関する事件を調べ始めるが!?

散りしかたみに

近藤史恵

歌舞伎座での公演中、芝居とは無関係の部分で必ず桜の花びらが散る。誰が、何のために、どうやってこの花びらを降らせているのか？　一枚の花びらから、梨園の中で隠されてきた哀しい事実が明らかになる――。

桜姫

近藤史恵

十五年前、大物歌舞伎役者の跡取り息子として将来を期待されていた少年・市村音也が幼くして死亡した。音也の妹の笙子は、自分が兄を殺したのではないかという誰にも言えない疑問を抱いて成長したが……。

角川文庫ベストセラー

閉ざされて　篠田真由美

函館の西郊に海を臨んで建つ邸宅。3代続く老舗宝石店の財産をめぐり、家族の謎が明らかになる……。鮮やかな叙述で導かれる衝撃のラスト。著者渾身のドラマティック・ミステリ！

闇の聖天使 ヴェネツィア・ヴァンパイア・サーガ　篠田真由美

東京を襲った大地震。命からがら異国の地に流れ着いた少年を救ったのは、浅黒い肌をした美青年と、プラチナの髪に菫色の眸をした美少年だった。彼らはこの街の陰の支配者であり、ある秘密を持っていた——。

RIKO—女神《ヴィーナス》の永遠—　柴田よしき

男性優位な警察組織の中で、女であることを主張し放埓に生きる刑事村上緑子。彼女のチームが押収した裏ビデオには、男が男に犯され殺されていく残虐なレイプが録画されていた。第15回横溝正史賞受賞作。

聖母《マドンナ》の深き淵　柴田よしき

一児の母となり、下町の所轄署で穏やかに過ごす緑子の前に現れた親友の捜索を頼む男の体と女の心を持つ美女。保母失踪、乳児誘拐、主婦惨殺。関連の見えない事件に隠された一つの真実。シリーズ第2弾。

少女達がいた街　柴田よしき

政治の季節の終焉を示す火花とロックの熱狂が交錯する一九七五年、16歳のノンノにとって、渋谷は青春の街だった。しかしそこに不可解な事件が起こり、2つの焼死体と記憶をなくした少女が発見される……。

角川文庫ベストセラー

月神《ダイアナ》の浅き夢　柴田よしき

若い男性刑事だけを狙った連続猟奇事件が発生。手足、性器を切り取られ木に吊された刑事たち。残虐な処刑を行ったのは誰なのか？　女と刑事の狭間を緑子はひたむきに生きる。シリーズ第3弾。

ゆきの山荘の惨劇 ―猫探偵正太郎登場―　柴田よしき

オレの名前は正太郎、猫である。同居人は作家の桜川ひとみ。オレたちは山奥の「柚木野山荘」で開かれる結婚式に招待された。でもなんだか様子がヘンだ。これは絶対何か起こるゾ……。

消える密室の殺人 ―猫探偵正太郎上京―　柴田よしき

またしても同居人に連れて来られたオレ。今度は東京だ。強引にも出版社に泊められることとなったオレはまたしても事件に遭遇してしまった。密室殺人？　本格ミステリシリーズ第2弾！

ミスティー・レイン　柴田よしき

恋に破れ仕事も失った茉莉緒は若手俳優の雨森海と出会い、彼が所属する芸能プロダクションへ再就職することに。だが、そのさなか殺人事件が発生。彼女は嫌疑をかけられた海を守るために真相を追うが……。

聖なる黒夜 (上)(下)　柴田よしき

広域暴力団の大幹部が殺された。容疑者の一人は美しき男妾あがりの男……それが十年ぶりに麻生の前に現れた山内の姿だった。事件を追う麻生は次第に暗い闇へと堕ちていく。圧倒的支持を受ける究極の魂の物語。

角川文庫ベストセラー

私立探偵・麻生龍太郎　柴田よしき

警察を辞めた麻生龍太郎は、私立探偵として新たな道を歩み始めた。だが、彼の元には切実な依頼と事件が舞いこんでくる……名作『聖なる黒夜』の〝その後〟を描いた、心揺さぶる連作ミステリ！

鉄道旅ミステリ1 夢より短い旅の果て　柴田よしき

大学生になったばかりの四十九院香澄には、鉄道旅同好会に入部しなくてはならない切実な動機があった。鉄道に興味のなかった彼女だが、鉄道や駅に集う人々と交流するうち、自身も変わり始めていく――。

鉄道旅ミステリ2 愛より優しい旅の空　柴田よしき

行方不明の叔父の足跡を追って、ひたむきに列車に乗りつづける香澄。さまざまな人々との出会いを通じ、彼女は少しずつ変わってゆく。やがて新しい恋が芽生えはじめた矢先、新たな情報が入って……。

緩やかな反転　新津きよみ

最後に覚えているのは、訪問者を玄関に招じ入れたこと。次に気付いたとき、亜紀子は野球のバットを握り、床に倒れた自分を見下ろしていた。入れかわった二人の女性の人生を描きだすサスペンスミステリ。

トライアングル　新津きよみ

郷田亮二は駆け出しの刑事。小学生の頃に同級生・佐智絵が殺され、その事件が時効を迎えたのをきっかけに、刑事の道を歩む決意をした。しかし二十年の時を経て、死んだはずの佐智絵が亮二の前に現れて……。